言いわけばかりの私にさよならを

加賀美真也

角川文庫
23896

私は自分を凡人だと思っていた。いや、今でもそうだ。
だけど、それは立ち止まる理由にはならない。挑戦しない理由にはならない。
それを教えてくれたのは——あなただった。

目次

プロローグ

私はバレーボールが好きだ。床と擦れるシューズの音、手に当たるボールの感触、勝った瞬間の喜び。あらゆる要素が私を熱中させた。その熱は、中学最後の大会にして県大会への進出が懸かっている今この瞬間、まさにピークを迎えていた。

スコアは二十三対二十四。あと一点奪われれば敗退が確定し、一点をもぎ取ることができればデュースに持ち込むことができる極限の状態。会場の熱気は頂点に達していた。

ベンチからは一年生と二年生の声援が聞こえ、触発された私も負けじと「みんな、気合入れよう！」と声を張った。

額から流れる汗が頬を伝う。やがて雫となったそれは体育館の床に雀の涙ほどの極小の水溜まりをつくった。

「……集中！」

深く息を吐き、相手のピンチサーバーの構えと同時に腰を落とす。

考えるべきはひとつ、とにかく一点をもぎ取ること。

放たれた相手サーブはネットすれすれの低軌道を描き、突き刺すような鋭さをもって私の元へ飛んできた。流石はピンチサーバーというだけあって洗練されたサーブ。確実に私達を仕留めに来ている。でも――。

この最終局面にきて、私のレシーブは完璧だった。柔らかなタッチで衝撃を吸収し、ボールは寸分の狂いもなくふわりとセッターの頭上に上がった。

「ライト！」

全霊の掛け声でセッターとの意思疎通を図る。一瞬のアイコンタクトで攻撃のイメージを共有し、トスが上がるであろうコート右端に全力で跳躍した。タイミングもトスの精度も最高。これは決まる。私の右腕は確信とともに振り抜かれた。

しかし確信とは裏腹に、私のスパイクはいとも容易く防がれた。

すぐさま攻撃の組み立てを始める相手チーム。攻守が入れ替わる瞬間だった。

焦るな私。冷静に見極めるんだ。セッターの視線が向かう先はどこか、相手チームの中で誰が一番得点力があるか。この大一番でスパイクを放つとしたら――。

私は無意識に跳躍していた。ネットを挟んだ目の前には身長およそ百七十センチの女の子。彼女は私と同じタイミングでスパイクの態勢に入っており、私の予測が的中していることを報せた。

運命の勝負。私は最大限に腕を伸ばした。肩の関節が外れてもいい。無様な着地になってもいい。だから、とにかく高く。

ここで一点を取ればまだ続けられる。まだ勝機はある。

全力の跳躍により最高到達点に達した私は、しかしそこで思い知る。

時折思う。スポーツは残酷だ。ひたむきに努力をしても報われるとは限らないし、勝って喜びを噛み締めるチームがいればその数だけ裏で涙を流すチームがいる。

何より、どんな技術や戦術があっても覆らない圧倒的な要素がある。

――才能。

身長、筋力、骨格、スポーツＩＱ。

私がこれから何十、何百時間かけて培う筋力を最初から持っている人がいる。

私が何ヶ月もかけてようやく習得した技術を初見で身につける人がいる。

私がこの先一生かけても伸びない身長を遺伝的に持っている人がいる。

だから私はバレーが好きであると同時に、恐ろしくなる時がある。私がこれまで積み重ねてきた努力がいつか、才能ある誰かに否定される日がくるのではないか、と。

それが今だった。

限界まで伸長した私の指先は、爪の先端が僅かにボールをかすめるだけで、勢いを落とすことなく放たれたスパイクは無慈悲にも地面に叩きつけられた。

――あと五センチ。

あと五センチ高く跳ぶことができれば結果はまた違ったのかもしれない。あるいはもう五センチ身長が高ければ、それもまた違う結末をもたらしたかもしれない。

けれど、その五センチが私にはない。それが敗因だった。

試合終了の笛の音。やや遅れてネットの向こう側からは耳が痛くなるほどの歓声があがった。私の頭上からスパイクを決めた彼女に皆が駆け寄り、誰もが彼女を称えた。

振り返った私の目には意気消沈したチームメイトたちの姿だけが映っている。

中学最後の大会は、私のミスで幕を下ろした。

第一章　五センチの才能

「鈴乃(すずの)ちゃん、また明日(あした)～！」

夕暮れ時の住宅街、横断歩道を渡りつつアカリちゃんが手を振ってきた。白く華奢(きゃしゃ)な手の動きに合わせて彼女のポニーテールが微(かす)かに揺れ動く。

控え目に手を振り返しつつ、私も「うん、また明日！」と朗らかに言ってみせた。

高校入学から約一ヶ月。新しい環境での滑り出しは比較的順調だった。授業は分かりやすく、アカリちゃんを始めとした数人の友人もできた。クラスのグループトークにも問題なく馴染(なじ)めている。おまけに制服も可愛い。最近では減少傾向にあるセーラー服だ。まだ肌寒さが残る時季だから今はカーディガンで覆われているけれど。

アカリちゃんの姿が見えなくなったのを確認し、私も帰路についた。

「あーあー。ちょっと喉(のど)痛いかも？」

独り言を呟きながら住宅街を往く。一昨日も昨日も今日もカラオケ三昧。アカリちゃんは歌が上手で聴き心地がよいからついつい連日一緒に行ってしまうものの、流石に三日連続ともなれば喉に違和感も生じるというもの。

途中通りかかったコンビニでのど飴を購入し、ころころと口の中で転がしながら歩くと幾分か喉の不調が和らいだ。

それにしても、と街の景色を眺める。遠くの空は赤く、どの家屋も換気扇が回っていて家の前を通り過ぎると魅惑的な香りが鼻をかすめてくる。耳を澄ませばどこからか保育園帰りの子供の声も聞こえる。

どうしてか、妙な心寂しさがあった。

脳裏に蘇るのは在りし日の記憶。スポーツバッグを背負い、部活仲間と共にこの道を歩く自分自身の姿。それは三年間の青春であり、そしてもう二度と味わうことはないだろう研鑽の日々。

地区予選のあの試合を最後に、私はバレーボールをやめた。

完全に未練がないと言えば嘘になる。バレーに費やした日々は心の底から充実していた。そこに嘘はつけない。中学一年生でバレーの楽しさに気づいてから、私は来る日も来る日もバレーに打ち込んだ。友達からの遊びの誘いを断ってまで練習する日もあった。それがどんな娯楽よりも心を満たしてくれたからだ。

でもどうだろう。その結果、私は何を得た？　レギュラーに選抜されたのは三年生になってから。その僅かな期間で辿り着いたのはたかだか地区予選の決勝戦。それも惜敗という結果。

最後に至るまでの期間がどれだけ充実していようと、結末が最悪なら意味がない。

県大会への進出が懸かった大切な試合。それを他でもない私のミスで終わらせてしまった。試合の後、みんなが悔しそうに涙を流していた光景がどうしても頭から離れてくれない。

あの日以来、私は跳ぶのが怖くなった。自分を信じられなくなった。

楽しかったはずのバレーはいつしか恐怖の対象に成り果て、だから私はバレーをやめた。逃げ出したんだ。

でも、これでいいんだと思う。私にはバレーの才能がなかった。

あと五センチ高く跳べるだけで試合は変わっていたかもしれないのに、その五センチすらも埋められなかったのは、私に才能がないからに他ならないだろう。きっとあそこが私の才能の限界点なんだ。

結局、この世界は才能がすべてなんだ。

だから、これでいい。私は競技の世界で生き残れるごく一部の天才ではないのだから、こうして毎日友達と一緒に過ごして、身の丈にあった生活をすればいい。

これからは分相応の生き方を心がけよう。


翌朝、教室に入るとアカリちゃんが一目散に駆け寄ってきた。

「鈴乃ちゃんおはよーっ！」

「おはよー！　今日も早いね」

「少しでも早く鈴乃ちゃんに会いたくって」

「彼女か」

「へへへ」

突っ込むと満足気に笑ってくれた。ボケを拾ってもらえてご満悦らしい。

アカリちゃんとは知り合ってまだ一ヶ月。その割には随分と懐いてくれている。たまたま隣席で、たまたま最初に話したのが私だったからというよくわからない懐かれ方だけども。

机に鞄をおろし、風で乱れたシースルーを整えつつ、既に教室に居た他の女の子にも「おはよー」と声をかけた。それを合図にアカリちゃんを含む友人三人が私の周りに集まってきてくれた。それからは普段通りオチも中身もない雑談が続く。推しが尊いだとか、認知してもらいたいだとか、そんな感じの。

　私には推しがいないから話についていけない部分もあるけれど、目を輝かせて語る彼女たちの話を聞くのは好きだった。キラキラしている女の子はそれだけで可愛いと思う。

「鈴乃ちゃんも騙(だま)されたと思って動画見てよ！　歌ってみた以外にもゲーム実況もやっててね、これがもうイケボなの！　尊い！　なんなら今見て！」

　そう言ってアカリちゃんは半ば押しつけるようにスマホ画面を見せてきた。

「す、凄(すご)い勧誘の圧だね」

「だって鈴乃ちゃん無趣味じゃん！　いつも暇な時家で何してるの？」

「お母さんと一緒に買い物行ったり家事手伝ったりしてるよ」

　すっと、差し出されたスマホが引かれていった。

「やっぱり鈴乃ちゃんはそのままでいよう！　良い子すぎる……！」

　潔い手の平返しに苦笑した。他の二人も目を細めて笑っている。

　溌剌(はつらつ)としていて自由奔放なアカリちゃん。物静かだけど意外にもノリの良い美幸(みゆき)ちゃん、美容とファッションに詳しいひなたちゃん。高校でできた新しい友人たちとの生活は充実していた。部活ばかりのあの頃とは違った楽しさがここにはある。

　これでいい、これからの私はこれでいいんだ。

「ねね、今日こそ四人でカラオケ行こうよ」

私の提案に三人ともすぐさま「いいねー」と乗り気な姿勢を見せてくれた。

「じゃあ決定で！」

私たちはこれからもっと仲良くなれる。新しい生活は順風満帆だった。

——ただ一つの懸念点を除いては。

「そういえば今日も来るのかな、あの子」

ちょうど、美幸ちゃんがその話を切り出した。

あの子、その一言に反応して全員の視線が私に向いた。

「鈴乃も大変だよねー」

同情的な物言いのひなたちゃん。同意するように美幸ちゃんが頷いた。

「あはは、大変って程ではないけど、ちょっと対応には困るかな」

苦笑しつつ言うと、廊下から誰かが走る音が聞こえてきた。その足音は私たち一年一組の教室前で止まり、すぐにドアが開けられた。

「鈴乃ちゃんもう来てる!?」

男の子並みに背の高いその女の子は教室内を見回し、私の姿を認めると子犬のように嬉しそうな表情を浮かべて走り寄ってきた。座っている私のすぐ目の前で立ち止まり、そして一言。

「バレーやろう！」

教室中に響き渡る声量。鼓膜が破れるかと思った。

「そんなに大きな声出さなくても聴こえるよ……」

眼前の彼女――黒宮(くろみや)さんこそ唯一の懸念点であり、中学最後の大会で私の頭上からスパイクを決めた張本人でもある。

高校で偶然再会して以来、度々私をバレー部に勧誘してくるようになった。

「お願い！　どうしても私と一緒にバレーしてほしいの！　今年は新入部員少なくて未経験の子ばかりだから鈴乃ちゃんなら即戦力だよ！　私と全国行こう！」

「ごめんね。黒宮さんの気持ちは本当に嬉しいんだけど、高校では部活やるつもりはないんだ……」

「私のことは彩奈(あやな)って呼んで！」

「え、あ、じゃあ……彩奈ちゃんって呼ぶね」

「うん！　よし、それじゃあバレーやろう！」

ひええ。話が通じないよこの子。

これで何度目だろうか。かれこれ十回以上はこの手のやり取りをしている気がする。

「彩奈ちゃんはどうしてそんなに私のこと誘ってくれるの？」

「一緒のチームにいてくれたら楽しそうだから！」

「私が？」

その問いに彩奈ちゃんは笑顔で「うん！」と頷いた。

「鈴乃ちゃん去年私の学校と試合したの覚えてる？　あの試合の時からずーっと鈴乃ちゃんのこといいなあって思ってたんだよ！　そしたらまさかの同じ高校だよ？　これはもう運命だよ、運命！　一緒にやるしかないでしょこんなの！」

圧が、圧が凄い。アカリちゃんといい彩奈ちゃんといい、どうしてここまで何かに熱意を持てるのだろうか。かくいう私も以前まではそうだったのだけれど。

来る日も来る日もバレーのことばかり。才能の壁にぶつかり、みんなの期待を裏切ったあの瞬間までの私は、今の彩奈ちゃんと何ら遜色ない熱血ぶりだった。

……ああ、そっか。きっと彩奈ちゃんはまだ挫折を知らないんだ。だからこんなにも熱くなれるんだ。

バレーは残酷で、勝者がいれば必ず敗者がいる。

あの決勝戦の日、私は確かに冴えていた。彩奈ちゃんがスパイクを打つことも、そのコースもタイミングも何もかもを完璧に予測できていた。

にもかかわらず、届かなかった。百七十二センチある彼女の打点の高さに百六十ジャストの私では太刀打ちができなかった。

バレーにおいて最も重要な才能、それは高さだ。その才能が私にはなかった。ただそれだけの理由で私はあのスパイクをブロックできなかったんだ。

私は彩奈ちゃんのお眼鏡にかなう人材じゃない。探せばどこにでもいる平凡な選手。

「ごめんね、高校は勉強に集中したくて」

適当な言いわけで再度誘いを断った。目標が全国大会への出場ではなく、ただただバレーボールを楽しむだけならまだ一考の余地はあったけれど、本気で競技に打ち込むとなれば話は別だ。

勝負の世界はイコール才能の世界。そこで生きていく覚悟はもう私にない。

それに、正直なところ私は彩奈ちゃんが苦手だった。

決して嫌いというわけではなく、彼女の性格や競技に対する姿勢は尊敬している。決勝戦での出来事を恨んでいるわけでもない。

これは単に私が一方的に抱く劣等感の問題。

勝者であり才能ある彼女の傍にいる限り、私は敗者であり持たざる者であるという事実に苦しめられ続ける。隣に並ぶ彼女の背丈をきっと私は羨(うらや)んでしまう。

「そっかあ、残念……。でも私はいつでもウェルカムだから鈴乃ちゃんがまたバレーやりたいって思ったらいつでも声かけてね！」

「うん、わかった。ごめんね何度も誘ってくれたのに」

「ううん、いいのいいの。私もしつこく誘ってごめん！」

それじゃ、と言って彩奈ちゃんは教室を出ていった。

一呼吸つき、空気を読んで口を噤んでいたアカリちゃん達の方へ視線を向けると「お疲れ様ー」と声をかけてもらえた。

「あはは、確かにちょっと疲れたかも。断るのって罪悪感あるからねー……」

苦笑いを浮かべると、右隣で前髪を触っていたひなたちゃんがどこか不服そうに口元を尖らせていた。

「鈴乃は優しいよねー。あんなのもう半分ストーカーじゃん？　私だったら『もう声かけないで！』って言っちゃうと思うなあ」

「でも誘ってくれるのは嬉しいし、悪い子じゃないのはわかるからね」

「鈴乃はほんといい子だねえ～。でもよかったじゃん。あの感じだったらもう諦めてくれたんじゃない？」

「だね。そこは安心してる」

話している内に朝のチャイムが鳴った。皆はそれぞれの席に戻り、程なくして入ってきた担任の女性教員の事務連絡を聞き流しつつ安堵の息をついた。

唯一の懸念だった彩奈ちゃんが諦めてくれたのは助かった。これで心置きなく高校生活を満喫することができる。

――と思っていたのだけれど。

「鈴乃ちゃん！　バレー部見学しない!?」

昼休みに入った瞬間だった。勢いよくスライドしたドアから現れた彩奈ちゃんの一言に教室中の誰もが彼女に視線を向けた。

「彩奈ちゃん……諦めたんじゃ……」

「入部してもらうのは諦めた！　だから見学はどうかなって！」

それはね、諦めたとは言わないんだよ彩奈ちゃん……。

「どう見ても誘ってるじゃん！」

「むふ」

いや、むふじゃない。誤魔化せてないから。

「どうしてそこまで必死なの？」

「だって、鈴乃ちゃんがいてくれたら絶対楽しいもん」

「そうかな……」

「そうだよ！　試合で当たった時からずっと思ってたの。鈴乃ちゃんのチーム空気良いなあって。うちの中学、結構ギスギスしてたから羨ましくって。鈴乃ちゃんみたいに積極的にみんなに声かけするとか全然なかったもん。なんというか、鈴乃ちゃんって周りの人のことを凄く（すご）よく見てるって感じ！」

言われてみれば、確かに彩奈ちゃんのチームは気迫に欠けていた気がする。ひたすら勝利だけを求めるストイックさがそうした空気を形作っているのだと思っていたけれど、なるほどそうした事情があったんだ。

「お願い！　見学だけでもいいから！　そしたら今度こそ本当に諦めるから！」

「うーん……」

どうしよう。このままだと今後の高校生活ずっとこの調子になってしまう。

悩んだ末、私は妥協案として一つ提案をすることにした。

「本当に見学だけでいいなら見に行くよ。でもそれで私の気が変わらなかったら諦めてね？」

「うん！　約束する！　もし破ったら私の顔面が変形するまで殴っていいよ！」

怖い怖い怖い。流石にそこまではしないって。軽くほっぺたつねるくらいならするかもだけど。彩奈ちゃん、ほっぺふっくらしてて触り心地よさそうだし。

「あ、でも今日はみんなでカラオケ行く予定あるから明日でもいいかな」

「もちろん！」

満足気に頷いて彩奈ちゃんは教室を後にした。

迎えた翌日の放課後、約束通り体育館に向かった。

既に練習を開始しているらしく、コート手前は女子バレーボール部、緑の防球ネットを挟んだ向こう側では男子バレー部が練習に取り組んでいた。

「あ、鈴乃ちゃーん！」

私に気づいた彩奈ちゃんが手を振ってきた。

「本当に来てくれたんだ！」

「約束したからね」

「ありがとう！　ささ、もっとこっち来て」

手を引かれるがままコートのライン際まで寄ると、他の部員たちも「見られるの緊張しちゃうけどよろしくね～」と気さくに話しかけてくれた。

一瞬だけ浮わついた空気。しかしその直後に部長と思しき先輩が手を叩いた。

「はい皆、気を抜かない！　いつも通り練習するよ！　まずはレシーブから！　私が球出しするからセッターの位置に返すように！」

部長の一声に緩んだ空気が一瞬にして引き締まった。彩奈ちゃんと同じくらいの身長で髪の毛を後ろで一本に括った気の強そうな人。懐かしい。私がバレーを始めたばかりの頃も厳しい先輩がいたっけ。

「お願いします！」

新入部員らしき女の子が右手側のコート中央で構えを取る。腰が引けていて、どこかボールを怖がっているような様子からして初心者に違いない。

案の定、彼女は飛んできたボールに対して目を瞑りながら腕を振り上げた。ボールを見ていないせいで彼女のレシーブは空振りに終わってしまった。

「ちゃんとボールを見て！　怖がらない！　体に当たっても死なないんだから！　むしろ目を瞑ってる方が変なとこに当たっちゃうよ！」

「は、はい……」

「もう一本！　今度はボールを見てレシーブして！」

風の噂で聞いてはいたけれど、この学校のバレー部は男女共に過去に全国大会に出場した経験もある強豪校で、選手の士気が高いのだという。

「どう？　懐かしいでしょ」

順番を待ちながら、隣に立っていた彩奈ちゃんが楽しそうに語りかけてきた。

「懐かしいけど、嫌な懐かしさだね」

「女バレの先輩って厳しいもんね〜」

「ね。やっぱりどこの学校もそうなのかな」

私が中学生の頃も、一年生はいつも球拾いや雑用ばかりで、まともな練習ができる時間は本当に僅かだった。少しでも休んだら怒られるし、先輩の機嫌が悪ければ休んでいなくても怒られる。理不尽なまでの上下関係がそこにはあった。

「でも鈴乃ちゃんのチームはみんな仲良さそうで羨ましかったなあ」

「色々頑張ったからねー！　私たちが三年生になった時に皆で『厳しいのはうちらの代で終わりにしよう』って話し合ったんだ。コート整備も球拾いも皆でやって、学年なんて関係なく皆で楽しめるようにって」

「凄い、素敵だね。鈴乃ちゃんがいてくれたらここもそうなれるのかなあ」

「それは……」

　どうやら彩奈ちゃんはまだ私がバレー部に入る可能性を捨てていないらしい。

「交代！　次黒宮さんの番だよ！　早く！」

「あ、やばい！　行かなきゃ」

「いってらっしゃい。頑張ってね」

　コート中央に立つ彩奈ちゃんをぼんやり眺めつつ物思いに耽る。

　私は跳ぶのが怖くなってしまっただけで、きっと今でもバレーボール自体は好きなんだ。レシーブをする彩奈ちゃんの楽しそうな表情はかつての自分を彷彿とさせる。羨ましいと感じてしまう。

　ただ、それでもバレー部に入る気にはなれそうにない。楽しそうだと思う反面、彼女達を見ていると否応なく去年の試合を思い出してしまう。勝敗が懸かった大事な局面で自分の無力さを思い知ったあの試合を。

「よし交代！　黒宮さんは流石だね。少し休んでていいよ！　それか他の一年生にレシーブ教えてあげて！」

「嫌です！　私ももっとレシーブしたいです！　もう一本だけ！」

「あなたのそれは一本じゃ済まないでしょ！　早く出て！」

「うう……。はーい……」

おかわりを拒否された彩奈ちゃんは肩を落としながら戻ってきた。犬みたい。

何か労（ねぎら）いの言葉をかけようと口を開こうとした、ちょうどその時だった。

隣のコートから地面が振動する程の轟音（ごうおん）が鳴った。

驚きのあまり彩奈ちゃんにかける言葉は失われ、私の目線は音の出どころである男子バレーボール部のコートに向かった。

ネットの前に立つ背の高い男の人、壁にぶつかり勢いよく転がるボール。ひと目見た瞬間、あの轟音は彼がスパイクを打った音なのだと理解した。

遠目だから顔立ちこそわからないけれど、際立つのはその背の高さ。どう見ても百八十半ばはある。加えてバレーに適した長い手足、重りにならない程度についた筋肉。立ち姿だけで彼が男子バレー部のエースだと確信できるほどの異彩を放っていた。

「ごめん、もう一本あげてほしい」

彼はセッターらしき男の子にそう告げ、ネットから数歩離れた位置に立った。

セッターは慣れた様子でボールを投げ、彼はそれをオーバーレシーブでふわりと音もなくセッターの頭上に返してみせた。羽毛で衝撃を吸収したかのような柔らかなタッチ。いくら出された球が甘かったとはいえ、あまりにも綺麗すぎる。教科書を見ているようだった。

　コート端に上げられるトス。そして彼は、跳躍した。

　直後、先程と同じ――いや、それ以上の轟音が体育館に響き渡った。

「……やば」

　目で追えなかった。ボールが地面に打ち付けられる音がして初めて彼がスパイクを打ったのだと理解したほど、手の振りも球速も桁違いのスピードだった。

　体格、身体能力、技術。どれを取っても間違いなく一級品。

「鈴乃ちゃん？　どうしたの？」

　訝しむ彩奈ちゃんの声に反応した私は無意識に口にしていた。「天才だ……」と。

　これまでの人生で私は様々な才能を目にしてきた。彩奈ちゃんのように身長に恵まれた子や、いつもテストで満点を取る男の子、ピアノで賞を取った子。実に様々な才能を。

　けれど彼のそれは、今まで見てきたすべてが霞むほどに圧倒的だった。

「あ～っ。隆二先輩ね！　凄いよね。私も最初びっくりしちゃった」

　私の視線の先を追った彩奈ちゃんは納得したように言った。

「あの人、隆二先輩って言うの？」

「そそっ、一ノ瀬隆二先輩！　うちらの一個上で男バレのエース！　ちなみにめっちゃモテるんだよ！」

「だろうね……。あれは絶対モテる」

「しかも顔まで整ってるんだよ！　俳優とかモデルみたいな感じではないけど、とにかく爽やかって感じの！」

それは反則だ。レッドカードだ。

天は二物を与えずという言葉があるけれど、あれはどう考えても嘘だ。才色兼備などというおよそ正反対な言葉がある時点で矛盾しているのだから。

「女バレに入ったら隆二先輩のこと見放題だよ。たまに合同で練習もするし、もしかしたらお近づきになれるかもよ？　どうどう？　魅力的じゃない？」

「確かに……！」

実際、一ノ瀬先輩は私の好みと一致していた。もっとも、高身長で顔が整っていてスポーツまで出来るのだから、私の好みというよりも大半の女性の好みに当てはまると言った方が正しいのだろうけど。

「ふふふ。ちょっとは入る気になったでしょ？」

「ううん、なってないよ？」

「あれぇ⁉」

「魅力的とは思うんだけど、それとこれとは話が別というか……」

「そっかぁ。残念……」

彩奈ちゃんはそれはもうわかりやすく落ち込んでいた。どこまでも犬っぽい子だ。

もし尻尾（しっぽ）が生えていたら今頃力なく垂れていたに違いない。

「ごめんね」

「じゃあ、せめてちょっとだけ対人練習付き合ってほしいな……」

「軽いパスくらいでいいなら付き合うよ」

承諾すると、彩奈ちゃんは目に見えて「やった！」と元気になった。犬っぽいを通り越してもはや犬なんじゃないだろうか。

「じゃあ向こうのスペース空いてるからそっちでやろ！」

それからしばらくの間、私たちは体育館の隅で軽いパスのやり取りをした。

久しぶりのバレーからは、青春の残り香がした。


帰宅後、自室に荷物を置いた拍子にふと見えた部屋の片隅にはバレーボールが置かれていた。白地に赤と緑の模様が入ったどこにでもある普通のボールだ。

部活を辞めてから今日に至るまで指一本触れることなくそのままの姿で置かれている。幾度となく捨てようとして、結局捨てられずにいたボールでもある。

「……ちょっと埃被ってる」

手の平でボールの埃を払う。長期間放置していたせいで多少空気も抜けており、ボールはえらく柔らかかった。

空気の抜けたボールは私にとって初めての感触だった。バレーをやっていた頃は小まめに手入れをしていたから一度として空気が抜けるようなことはなかった。

去年までの私は随分とバレーが好きだったらしい。きっとその名残りだ、ふやけたボールに寂しさを感じているのは。

ゆっくりと立ち上がり、記憶を頼りに押し入れを漁った。確か持っていたはず、と。

「あったあった」

押し入れの奥からはもう着なくなった中学のジャージと共に空気入れが顔を覗かせた。破損がないことを確認し、すぐにボールに空気を入れた。

その行動に理由はない。ただなんとなく、このままにしておくのは嫌だった。

ボールに懐かしい感触が蘇るまでに数十秒とかからなかった。

そういえば、このボールを買ってからちょうど三年経つ頃合いだろうか。あの頃のことは今でも鮮明に思い出せる。

私がバレーを始めたのはただ友達に誘われたからという、なんともありがちな理由だった。特にバレーに興味があったわけでもなく、言ってしまえばノリと勢いだ。

そうして軽い気持ちで入部したバレー部は、一言で表せば地獄だった。厳しい上下関係と過酷な練習。ろくに運動経験もなかった私には厳しすぎる環境だった。

それでも続けられたのは今思えば本当にくだらない理由だった。サーブが入るようになった、ただそれだけ。

エンドラインからネットまでの距離は九メートル。非力だった私は当初、相手コートどころかネットにすらサーブが届かなかった。初めは「私じゃあ一生かけても届かないのかな」なんて思っていたくらいだ。

だけど嫌々ながら練習を重ねていくうちに、徐々にサーブの距離が伸びていった。やがてネットに引っかかるようになり、ついには何本かに一本はネットを越えるようになった。

『やった……！　越えた……！』

初めてボールがネットを越えたあの日、大げさなくらい喜んだのを覚えている。普段は厳しい先輩たちも最初は私と同じ思いをしていたからか「良かったじゃん！」と褒めてくれた。

そこからだ、段々とバレーが楽しくなっていったのは。

最初は腕に当てるのが関の山だったレシーブは段々と狙った位置に返球できるようになり、精一杯跳んでもネットの高さを越えられなかった手はいつの間にか手首から先が出るようになった。

練習すればした分だけ成長していく。昨日までできなかったことができるようになる。それが楽しかった。人生で初めて経験する楽しさだった。

気付けば私はバレーにのめり込んでいた。

練習は苦しくて、でも楽しくて、きっと自分はどこまでだって上手くなれるのだと信じて疑わなかった。

「……本当に懐かしいや」

このボールを見ているとあの頃を思い出す。

腕にはさっきまで彩奈ちゃんとパスをしていた感覚がまだ残っていた。袖をまくると僅かに腕が赤らんでいるのがわかる。練習の後はいつもこうなっていたっけ。

なんとなく居ても立ってもいられなくなり、ボールを持って自室を飛び出した。

「お母さん、ちょっと公園行ってくる！」

「連絡入れるから夕飯までには帰ってきてね」

「はーい」

外に出て空を仰ぐ。まだ日は暮れていない。

小走りで徒歩五分の場所にある公園へ向かった。

教室ふたつ分くらいの広さで遊具は一切なく、三面をフェンス、一面を壁に囲われた質素な公園。あまりに何もないせいで人っ子ひとり寄りつかないけれど、おかげで中学の頃は練習場所として重宝していた。壁打ちに適した垂直な壁があるのは都合が良い。

公園に到着するとその代わり映えのなさに安心感を覚えた。錆びたフェンス、部分的に赤茶色に変色したコンクリート壁。どれもあの頃のままだ。

「ふーっ」

軽く息を吐き、つま先で小刻みにジャンプして体をほぐす。

程良く体が温まってきたタイミングでボールを構え、壁手前の地面めがけて打ちつけた。跳弾したボールは壁にぶつかり、緩やかな放物線を描いて私の元に返ってきた。それを再び地面に打ちつけ、壁に反射させ、これをミスが起きるまで続ける。

四回、五回、六回。ブランクのせいか連鎖はすぐに途切れた。

……全然駄目だ。

まるで狙ったところに飛んでいかない。

身体に染みついている感覚を頼りに何度か繰り返すも結果は似たり寄ったり。

もっと集中して丁寧に狙いを定めれば少しずつマシにはなってくれるのだろうけど、

気まぐれでボールを触っただけの私にそこまでのモチベーションがあるわけもなく。

何よりも、独りぼっちのバレーは想像以上に退屈だった。

「だぁー！　無理！」

やけになって力任せのスパイクを打った。コントロール度外視で放たれたそれは壁に反射してもなお勢いを保ち、私の頭上を越えて後方へ飛んでいった。

まずい、飛ばし過ぎた。

身を翻した私は、ボールが飛んでいくだろう位置に男性の人影を見て、思わず「やばっ」と声をあげた。

「すいませ――」

咄嗟に謝ろうと開かれた口はすぐに塞がれた。目先の彼にどうにも見覚えがあった。それを裏づけるように、腰を落とした彼は飛んできた球をアンダーレシーブで寸分の狂いもなく私の元に返した。

美しすぎるフォーム、高い身長、引き締まった体。そして私と同じ学校指定の赤ジャージ。もはや疑いようもない。

眼前にいたのは件の天才、一ノ瀬隆二先輩だった。

私は慌てて「す、すみません！」と頭を下げた。

見たところ部活帰りにそのままここを訪れているようで、察するに私と同じく一人でボールと戯れに来たのだろう。壁打ちができる公園は近所ではここくらいのものだし。

「ボール飛ばしちゃいました……。でもナイスレシーブです……！」

「あはは、ありがとう」

そう言って愉快そうに微笑む一ノ瀬先輩。

爽やかな人。それが第一印象だった。

部活の時は遠巻きで見えなかった顔が今はよく見える。

体同様、顔にも無駄な肉はついておらず、凛々しくすっきりとした目鼻立ちに、スポーツのために整えられたショートヘア。体育会的な暑苦しさはなく、白く綺麗な肌には確かな清潔感がある。低くもなく高くもない、それでいて透き通った声がより爽やかさを強調していた。

公園の隅にスポーツバッグを置き、先輩は「邪魔じゃなければ俺もここ使わせてもらってもいいかな」と言いながら青基調のボールを取り出していた。

「もちろんです」

「ありがとう。見た感じ同じ高校っぽいけど、女バレの新入部員の子？」

「いえ……。バレーは中学でやめちゃいました」

「そうなんだ。ちらっと後ろから見えた感じ、てっきり現役なのかと思ってた」

「中三の最後で負けて、そこからなんか燃え尽きちゃって」

「あー……」

納得したような反応だった。この世界ではよくあることなんだろう。

「でも燃え尽きたって言う割に、一人で練習してるんだね」

「その、今日はたまたまというか……気まぐれです」

「そっかそっか」

さらっと流し、先輩はそれ以上深くは追及してこなかった。

「先輩はよくここで練習するんですか？」

「いや、先週くらいからかな。実は最近隣街からこの辺りに引っ越したばかりでさ、前より学校近くなったのは良いんだけど練習場所に困ってたんだ」

「バレーの練習をするなら壁は欲しいですもんね」

「そうそう、壁がある公園は珍しいからここを見つけられてラッキーだったよ」

そう言って、一ノ瀬先輩は「そうだ」と提案してきた。

「もし良かったらなんだけど、気まぐれついでにちょっと練習付き合ってくれない？」

「私でよければ」

特に断る理由もなかったので承諾した。ちょうどひとりで退屈していたところだったから私としても都合が良い。

「あ、でも晩ご飯できるまでの間しかできないですけどそれでもいいですか？」

「もちろん。付き合ってくれるなら一分でも二分でもありがたいよ」

「わかりました、じゃあ早速やりましょう！」

私の返答に一ノ瀬先輩は「ありがとう！　助かる！」と心底嬉しそうな顔をした。

「本当に助かるよ。どうしても一人でできる練習って限られてくるしね」

「部活仲間と一緒に来たりはしないんですか？」

「部活後は皆くたくただから付き合ってくれないんだよ……」

「あー、それは寂しいですね……」

「そう、寂しい男なんだよ。哀れな俺をどうか助けてほしい」

自虐気味に笑う先輩に釣られて私まで笑ってしまった。

「いいでしょう、私が助けてあげましょう」

一ノ瀬先輩のノリに乗せられたからか、初対面かつ先輩相手にもかかわらずつい軽口を叩いた。一ノ瀬先輩はそこに「やったぜ！」と更にわざとらしく乗ってきた。

なんというか、話しやすい人だ。堅苦しさも男性特有の威圧感もなく、年上なのにフレンドリーだから緊張感もない。

「よし、まずはレシーブ練習からやろう。どこでもいいから適当に打ち込んでほしい。俺はできるだけ正確に返すから……あ、そうだまだ名前聞いてなかった」

「あ、そうでした。私は白河鈴乃って言います！」

「おっけ、ありがとう。俺は一ノ瀬隆二。それじゃあ、とりあえず適当に打ち込んでもらって、俺はそれをできるだけ正確に鈴乃ちゃんのところに返すって感じでやろう。距離はひとまず一メートルくらいでいいかな」

「わかりました……！　コントロール悪かったらすみません」

「大丈夫。どこに飛んできても全部拾うから安心して」

なにそれ、かっこいい。

「……先輩って絶対モテますよね」

「まあそれなりには……」

「うわ、自覚的だこの人……！」

「うわって言われたんだけど、うわって。そりゃあ好意を伝えてくれる子が何人もいたら自覚するよ」

「そりゃそうでしょうけど……！」

自分から話を振っておきながら悔しくなったので一発目から全力で打った。取れるもんなら取ってみろと言わんばかりのやや意地悪な球出しだ。

半年のブランクから繰り出されるボールは当然正面には飛ばず、一ノ瀬先輩の体三つ分程右を通過しようとした。しかし先輩はすぐさま正面に回り込み、見事なアンダーレシーブでボールを捉(とら)えた。

球速とボールの回転を殺し、ふわりと優しく上げられた球は空中で弧を描いてやがて私の額付近に落ちてきた。ちょうど、オーバーレシーブがしやすい位置に。

完璧(かんぺき)すぎる返球。どこに飛んできても全部拾うと言うのは口先だけではないのだとたった一回のプレーで先輩は証明してみせた。

「すっご……」

私、かなり強めに打ったはずなのに。腕を横に伸ばして拾うならまだわかる。でもこの距離で正面に回り込んでレシーブするなんて、とてつもない反応速度とバネがないとできない芸当だ。

「どや」

「……む」

なんですか、その勝ち誇った顔は。今のが余裕とでも⁉

「どやどや」

「むむむ！」

負けず嫌いを刺激された。いくらブランクがあるとはいえ、ほぼ全力の球をあっさり返され、挙句のドヤ顔。このままでは引き下がれない。

これが試合なら才能の差に打ちひしがれていたのだろうけれど、あいにく今は試合じゃない。それに、レシーブ成功を彼の勝利条件とするなら条件は圧倒的に私が有利。

「次いきますよ！」

「いつでもカモン！」

さっきよりも更に悪質な球を出した。先輩が手を伸ばして跳んでもなお届かない高度。案の定ボールは先輩の頭上を越えて飛んでいった。

「ちょ、それ絶対わざとでしょ！」

「何のことですかね～」

慌てて走る先輩。当然間に合うはずもなく、ボールは先輩の目と鼻の先で落下した。

「鬼か！」

「ふふふ。これで一勝一敗ですね！」

「いつの間に戦いが始まっていたんだ……」

「先輩が私を煽るからです」

「くっ……。とんでもない子に喧嘩を売ってしまった」

「さあ、次いきますよ！」

口ではふざけつつ、練習の妨げにならないよう今度は先輩の正面を狙って真面目な球を出した。意図を察してくれたのか、またも完璧なレシーブを披露した先輩は今度は茶化すことなく「ナイスコントロール！」と率直な感想を述べてくれた。

「ちょっと簡単すぎましたか？」

「いや、良い球だったよ。でもそうだなあ、せっかくだから難易度上げてみようかな。もうちょっと左右に振ったり、手前に落としたりできる？」

「自信ないですけどちょっと試してみますね」

そこから幾度も試行錯誤を繰り返した。決して取れなくはない、かと言って楽には取れない絶妙な難易度の球出し。それを意識して出すのは随分と神経を尖らせる必要があった。ひょっとしたらバレー部だった頃もここまで丁寧に狙ったことはなかったかもしれない。

なんだか新鮮な感覚。ちょっと楽しいかも。

「鈴乃ちゃん凄いね」

何度目かのレシーブの後、唐突に先輩が言った。

「んえ、何がですか？」

「初めて一緒に練習するのに俺がほしい位置に的確に球出ししてくれるから、凄いなと思って」

「それって凄いことなんですか？」

「凄いことだよ。人をよく見てその意図を読み取る力って連携が重要なバレーにおいてとても大事なことだからね」

「確かに……。セッターなんて特にそうですよね」

そうそう、と先輩は感心するように言った。

「鈴乃ちゃんは凄くいい才能を持ってるね。バレーに向いてると思う」

「才能……」

その言葉で、一瞬にして気分が沈んだ。

私は才能という言葉が嫌いだ。自分には存在しないものだから。

バレーにおいし最も重要なのは高さだ。どれだけ相手の動きを予測したって、届かなければ意味がない。

あの試合で私は自分の無力さを思い知った。たった五センチの差で勝敗が決する残酷な世界が恐ろしくなった。跳ぶことすら恐ろしくなった。

私は断じてバレーに向いてなどいない。もし向いているのであれば今頃挫折を知らずにバレーに励んでいたはずだ。

和気藹々としいた空気に微かな重さが生じた。といってもそれは私が一方的に感じている重さであって、私の心情を知る由もない一ノ瀬先輩は相も変わらず感心したような様子を見せていた。

……卑屈だなあ、私。

一ノ瀬先輩が純粋に私を褒めてくれているのはわかる。頭ではきちんと理解している。

　先輩は何も悪くない。悪いのは自分の可能性に絶望した私自身だ。

「あはは。才能ありますかね～」

　気まずさを誤魔化すためにとってつけたような作り笑いを浮かべた。

　帰りたい。この場から逃げてしまいたい。

　運が良いのか、都合良くお母さんから夕飯が完成した旨のメッセージが届いた。

　ちょうど良い口実を見つけた私は「すみません、ご飯できそうなのでこれで失礼しますね！」とできる限り明るく言って会釈した。

「そっか、もうそんな時間か。今日はありがとう。もう薄暗いから気をつけて帰ってね。俺はもう少しだけ練習してから帰るよ」

「こちらこそありがとうございます。先輩も気をつけてくださいね」

「ありがとう」

「それじゃあ、失礼します」

　もう一度会釈をして公園を後にした。

　僅か数分の帰路、心の中はずっと靄がかかったように濁っていた。

　一ノ瀬先輩には人並み外れた才能がある。それだけでなく、才能にあぐらをかかずに更に人並み以上の努力までしている。

「そりゃあ、上手いわけだよね――……」

かつての私は考えていた。凡人でも、特別な才能がなくても、人一倍頑張れば天才と張り合えるのではないかと。

そんな愚かな過去の自分にこう問いたい。確かに努力は天才との差を縮めるかもしれない。では、天才が同じ分だけ努力をしたらどうなるの？　と。

所詮、凡人ではどうやっても天才には届かない。それが現実だ。

やはり私はバレー部には入らない方がいい。凡人らしく身の丈にあった生活をまっとうすべきだ。

バレー部に入れば一ノ瀬先輩と接点を持てるのは魅力的だけれど、そのためだけに入部するような愚行はしたくないし、そもそも彼と私では住む世界が違う。きっともうかかわることもないだろう。

ぶつぶつと考え事をしながら歩く。

少しだけ、空気が肌寒かった。


翌朝、肩の痛みで目を覚ました。

「四時半……」

スマホの時計がとんでもない時間を報せてきた。いくらなんでも早朝覚醒すぎる。空もまだ真っ暗だ。

肩を回すために身を起こすと不愉快な鈍痛が肩全体に圧しかかった。十中八九、昨日の運動が原因の筋肉痛だろう。バレーを見限った私へのささやかな罰かもしれない。二度寝を試みるも痛みと違和感で上手く寝つけず、空虚な時間の使い道に困り果てた私は気分転換がてら散歩に出かけることにした。

眠っている両親を起こさないよう忍び足で歩き、そっと玄関から外に出る。

五月頭の早朝はまだ少し肌寒く、一方で軽く清涼な空気は重い肩を軽くしてくれるようで心地がよかった。

戸締りを確認し、門扉を開けて公道に出る。

私が驚愕したのはそれと同時だった。

「――え」

思わず漏れる間抜けな声。視線は一車線の狭い道路を挟んだ向こう側、正面の家に向けられていた。

より正確には、正面の家から出てきた人物――一ノ瀬先輩に向かっていた。

「あれ、鈴乃ちゃん？」

私の声に気づいた一ノ瀬先輩と目が合う。空は暗く、光源は街灯と玄関の灯りだけ。

そんな中、確かに私達は視線を交差させていた。

時間が止まったような沈黙が訪れた。ふたりして状況を呑(の)み込もうと脳を稼働させた結果の沈黙だった。

そういえば、最近この辺りに引っ越してきたと言っていたような。

すべてを悟った私は寒空の下、静かに呟(つぶや)く。

「先輩……向かいの家だったんですね……」

第二章　先輩と私

「先輩……向かいの家だったんですね……」

衝撃の事実だった。

確かに一ヶ月前頃に引っ越し業者が近辺を忙しなく往来しているのを目撃した記憶はあるけれど、どこの町でも新年度はそういうもので、まさか越してきたのが一ノ瀬先輩だとは考えもしなかった。今日の今日までこうして鉢合わせることもなかったせいで発想の欠片すら頭になかった。

「昨日といい今日といい、凄い偶然だね」

「ですね」

先輩はジャージを羽織っており、「朝練ですか？」と訊ねると「正解！」と眠気ひとつなさそうに答えた。

「まぁうちの学校、今の季節は朝練ないんだけどね」

「自主練ってことですか？」

「そそ。顧問の先生から特別に体育館の鍵を託されてるから俺だけ練習し放題！」

先輩は「もちろん掃除をきちんとすることが条件だけどね」と補足しつつ、ポケットから取り出した鍵を見せびらかしてきた。

「にしてもこんな時間から練習するんですね……。まだ五時ですよ」

「その分寝るのも早いからね。毎日十時にはぐっすりだよ」

「健康的すぎる……！」

毎日、ということは普段からこの時間帯に活動しているのだろうか。どうりで向かいに住んでいながらこれまで一度として顔を合わせなかったわけだ。

「鈴乃ちゃんはどうしてこんな早くから？」

「筋肉痛で目が覚めちゃって。ちょっとお散歩でもしようかなーと」

「そっか、引退以来ならかなり久々のバレーだもんね。そりゃあ筋肉痛にもなるか」

「そうなんです、もう肩バッキバキなんですよ」

肩を回しつつ半笑いで答える。一方の先輩はなんだか申し訳なさそうな様子だった。

「ごめん、ちょっと付き合わせすぎちゃったかな」

「あ、いえ！　全然大丈夫です。とても楽しかったので！」

「そっか、安心した。んじゃ俺は朝練行ってくるよ」

「はい、頑張ってくださいね」

去っていく先輩の背中を見送る。

私も歩こう。そう思った矢先、ふいに強風が吹いた。髪が靡(なび)き、冷気を孕(はら)んだ空気が襟もとから背中に侵入してきて鳥肌が立った。やはり早朝はまだ寒い。さっきまで散歩に行きたがっていた足がもう帰りたがっている。

「あ、そうだ」

思いついたように先輩が振り返る。私が疑問符を頭に浮かべるよりも先に、小走りで戻ってきた先輩はジャージの上着を脱いで私に被(かぶ)せてきた。

「今日は寒いからこれ着てて。必要なかったらうちのドアノブとか適当な場所に掛けといていいから。それじゃ」

そう言って私の返答も待たず、先輩は今度こそ走り去っていった。

完全に姿が見えなくなるまで呆然(ぼうぜん)と立ち尽くし、やがて私は独り呟く。

「は？　イケメン過ぎなんですけど」

何故かキレ気味だった。自分でもわからないけれど、とにかく私はキレていた。

先輩が上着を貸してくれたのはおそらくさっきの強風が理由だろう。私が凍えているまさにその瞬間に、先輩は自分の心配よりも先に私が寒がっていないかを考えてくれたことになる。自分だって寒かったはずなのに、そんなことお構いなしで。

昨日彩奈ちゃんが言っていた一ノ瀬先輩はモテるという話。聞いた時は単に先輩のルックスやバレー部のエースという肩書にみんな惹かれているのだと思っていた。いや、もちろんそこも魅力の一つでありそこに惹かれている女の子も大勢いるのだろうけど、本質はそこじゃなかったんだ。

「あれは……うん、モテる」

どこの学校にも一人か二人くらいは先輩みたいな人がいるんだ。

正直ときめきかけてしまった。危ない危ない。

ひとまず歩くとしよう。先輩から借りたジャージのおかげで寒さもさほど気にならなくなった。

気持ちの赴くままに足を動かし始めた。目的地は特になく、ぶらぶらと足が向かう方へと身を任せる。空は依然として暗く、自然と街灯の多い大通り沿いにやってきていた。

歩いているうちに体が温まり、ジャージを羽織らずとも寒さを感じなくなった。

そうだ、今のうちにジャージを返しに行こう。ちょうど学校が近いからか、そんな考えが浮かんできた。

無意識に動かしていた足に目的地が設定され、私は最短ルートで学校を目指した。

程なくして無事に学校に到着すると体育館に電気が点いているのが見えた。

「本当にやってる……」

ゆっくりと体育館のドアを開けて玄関に入る。下駄箱から来客用のスリッパを拝借して中に進むと、バスケットゴールの下に立つ先輩の後ろ姿を見つけた。何かしらのトレーニングを行っている最中らしく、随分と息が荒かった。

何をしているんだろうと思ったのも束の間、先輩の足元に置かれていたスマートフォンから「スリー、ツー、ワン、ゴー！」と陽気なアナウンスが流れた。

それが合図だった。先輩は立位から即座にしゃがみ込み、かと思えばすぐさま足を後ろに投げ出して腕立て伏せの体勢へ。そのまま一度だけ腕立て伏せを行うと再びしゃがみ体勢に戻り垂直に跳躍した。指先がバスケットリングに触れると再度立位、しゃがみ、腕立て、跳躍を行う。これを高速でひたすら繰り返した。

所謂バーピージャンプと呼ばれる運動だった。私も中学生の頃に何度か部活でやらされた記憶がある。

それにしても、と息を呑んだ。

「何センチ跳んでるんだろ……」

いくら高身長とはいえ、しゃがんだ状態からの垂直跳びでバスケットリングにタッチするなんて人間業とは思えない。それも何度も連続で。

続けること十五秒、いや二十秒くらいだろうか。先輩は息を切らしながらも決して速度を落とさず、アナウンスが休憩を告げるまでバーピージャンプを続けた。

ようやく訪れた休憩。先輩は深呼吸を行って息を整えていた。

傍目(はため)からすればたかが二十秒の運動。けれど私も経験があるからこそわかる。バーピージャンプは地獄だ。軽く数回行うだけでも息が上がるし、ましてや自分に出せる最高速で行うとなればその負荷は尋常ではない。

先輩が息を荒くするのも納得……いや、むしろ息を荒くする程度で済んでいるのが恐ろしいくらいだ。私なら吐しゃ物をまき散らして床に倒れ込んでいるだろう。

何はともあれ、声をかけるのなら休憩中の今が狙い目。

「あの、せんぱ──」

呼びかけようとした私の声は、直後響いた「スリー、ツー、ワン、ゴー！」の音声にかき消された。

再び猛スピードでバーピージャンプを始める先輩。

「えぇ……」

怖い怖い。いくらなんでもインターバルが短すぎる。まだ休憩開始から十秒かそこらしか経っていないし、先輩だって少しも息切れが収まっていないというのに。

そんなに連続でこなして平気なんだろうか。

もはや心配になりながら見守る私と一心不乱にバーピージャンプを繰り返す先輩。やはりと言うべきか、先輩はちっとも平気ではなかったらしい。二度目の休憩のタイミングで先輩が「し、死ぬ……」と呟いているのが聞こえてきた。それから僅か数秒後に三セット目が始まった。

見たところ、どうやら二十秒の運動と十秒間の休憩を反復しているらしかった。流石の先輩も途中からはリングに手が届かなくなり、動きの速度も落ちていったけれど、それでも動作だけは決して止めなかった。

そして何セット目かが終了した頃、先輩は大の字で地面に寝転んだ。十秒以上経過してもアナウンスは流れず、力尽きたのではなく設定したセットを完了したのだと理解した。まあ、力尽きてもいそうだけど。

「せ、先輩。お疲れ様です……」

近づきつつ声をかける。先輩は目線だけで私の姿を確認した。

「ハァ……ハァ……ッ。鈴乃ぢゃ、きヴぇだうぇんだ」

うん？　なんて？

呂律回ってませんよ。

「死にかけてるじゃないですか……！　汗も凄いですし、もうちょっとインターバル長くしたらどうですか？」

半ば呆れて言う私に対し、先輩は寝転んだまま首を横に振った。何かを主張したいのだろうけど息を吸うのでいっぱいいっぱいらしく、先輩がちゃんと人の言葉を発したのはそれから数分経った頃だった。

「これは、ヒートトレーニング……って、言うんだよ……」

相変わらず死にかけではあったものの、かろうじて喋ってくれた。

「ヒート？」

「そう、トップアスリートも採用してるような……凄いトレーニング……」

詳しくはタバタ式トレーニングで検索してみて、と先輩に促され、言われるがままスマホのブラウザで検索をかけた。

トレーニングの内容は今しがた目にしたものと同じだった。

二十秒間全力で運動、十秒間の休憩もしくは低負荷の運動。これを一セットとして、合計八セット行うトレーニング。八セットの合計時間は僅か四分ながら心肺機能を飛躍的に向上させる効果がある運動として注目を集めているらしく、ランニングや他の運動よりも効率が良いと書かれている。唯一デメリットがあるとすればトレーニング後は今の先輩よろしく酸欠状態になることくらい。

「凄い、こんなトレーニングがあるんですね。毎日やってるんですか？」

「うん、毎朝欠かさず死にかけてるよ」

少し回復してきたらしく、息切れはしつつも先輩はゆっくりと上半身を起こした。

「ひええ……。そんなにやってたらいつか嫌になりそうです」

「なるなる。なんなら毎朝嫌になりながらやってるよ」

「嫌なのにどうして毎日やるんですか？」

先輩は迷う素振りもなく答えた。「試合で負ける方が嫌だから」と。シンプルかつ納得のいく理由だった。

「鈴乃ちゃんは、あと少しで勝てるのにって状況で負けた経験はある？」

その問いに否応（いやおう）なく彩奈ちゃんとの試合を想起させられた。あと少しどころか、たった五センチの差での敗北。私はあの時の絶望感を思い出しながら「あります」と短く頷（うなず）いた。

「俺もあるんだよ」

「え、そうなんですか？」

「うん。中三の最後にさ、地区予選決勝のフルセットまでもつれ込んだんだ。しかも互いにデュースで点を取り合ってて、本来ならとっくに試合が終わってる時間になってもまだ続いてた。俺も仲間も全員汗だくで息も上がってて、そんで最後の最後、点を取られたら終わりって展開の時に相手サーブが俺のところに飛んできたんだ」

私は黙って先輩の話を聞き続けた。聞き入っていた。中学最後の大会。その言葉が持つ重みを私は誰よりも知っていたから。

「相手も疲れてたんだろうね、かなり緩いサーブだったよ。球速も遅いし、真正面だし、本当に楽なボールだった。でも、拾えなかったんだ。疲れて思うように手が動かなくてうっかりコートの外に飛ばしてしまってさ、その凡ミスで試合が終わったんだ」

言いながら先輩は苦笑した。

「自分のミスで試合が終わるってのは悔しいよなあ」

「……そうですね」

「その時に思ったんだ。俺にあと十分、いや、五分でいい。五分長く動けるだけのスタミナがあれば試合の結果は違ったのかもしれない……って」

そう語る先輩を前に、私は鏡を見ているような気分になった。

同じだ。中学最後の大会、もし私があと五センチ高く跳べていれば、あと五センチ身長が高ければ結果は変わっていたかもしれない。

あの悔しさを、歯がゆさを、私は誰よりも高い解像度で理解できる。先輩は今でこそ平気な顔で話せているけれど、私と同じように苦悩したはずだ。

「こんなこと聞くのは失礼かもですけど、負けた後、バレーをやめたくなったりはしませんでしたか？」

「なったというか、実際一回やめてるよ俺。高一の途中まで帰宅部だったしね」

「えっ」

「意外だった？」

はい、と頷きながら、昨日先輩と交わしたやり取りをふと思い出した。

あの時、中三の最後で負けて燃え尽きたと言った私に対して先輩は「あー」と思い当たる節があるような態度を見せていた。あれは先輩自身の経験と照らし合わせていたからこその態度だったのだと今になって悟った。

「俺もそこで一回燃え尽きちゃってさ。もうバレーはいいかな、とか考えてたよ」

「それまさに今の私です」

「はは、まあ運動部あるあるなんだろうね。俺以外にも中学でバレーは引退するって言ってた人いたし、鈴乃ちゃんの周りにも多分いたでしょ」

「いましたいました」

「わざわざ口に出さないだけで、皆結構燃え尽きてるんだろうなあ。最後が負けで終わったら特にね」

心底同意すると同時に、先輩に親近感を抱いた。

私にはない才能を持っていて遠い存在だと思っていた先輩が、その実私に近い理由でバレーから退いたことがあるのだと聞いて私は安心してしまった。こんなに凄い人でも挫折（ざせつ）を味わうのだから私みたいな凡人が諦（あきら）めるのは当然なのだと、バレーから逃げた自分を間接的に肯定できた。

「ちなみに、先輩はどうしてもう一度バレーを始める気になったんですか？」

「俺？　そうだなあ……うーん」

先輩はしばし迷った後、「あえて言うなら」と続けた。

「弟にかっこいいところを見せるため、かなあ」

「弟さんですか？」

「そ。今年中学に上がったばかりの可愛い可愛い弟がいるんだよ。写真見る？」

「え、見たいです！」

「よっしゃ。これが俺の自慢の弟だ！　といってももう何年か前の写真だけどね」

先輩はどこか嬉しそうに言ってスマートフォンのロック画面を私に見せてきた。

五時三十九分と表示された画面の背景に、バレーボールを抱えた先輩と弟さんのツーショット写真が映っている。

弟さんは小学校中学年らしい幼さのある顔立ちながら先輩との血の繋がりを感じさせる綺麗な顔立ちでもあった。何より、二人とも満面の笑みを浮かべているのがとても可愛らしい。兄弟仲の良さがうかがえる写真だった。

「えっっ！　めっちゃ可愛い！」

「でしょ。達也って言うんだ。俺、バレーやめた後にちょっと精神的に沈んでた時期があってさ、その時にずっと俺のことを励ましてくれてたんだよ」

「優しい弟さんですね」

「うん、自慢の弟だよ。昔から兄弟一緒にバレーしてて、俺よりずっとセンスもあってさ、まあ色々あって今は逆に達也がバレーから離れちゃってるんだけどね」

どうやら訳ありらしく、口では軽快に語りながらも先輩の瞳にはそこはかとない哀愁が漂っていた。

「弟さんもバレーが嫌になっちゃったんですかね？」

「いや、バレー自体は今でも好きだと思う……多分。好きだけどやらないというか、好きだからこそやりたくないというか、色々悩んでるみたいなんだ」

「大変ですね……」

「だなぁ。思春期だしね」

先輩は悩まし気に頷いた。

「まあでも、だからこそ頑張り甲斐があるよ。俺が高校で大活躍して、これでもかってくらいかっこいい所を見せつけてやったら達也も触発されてついボールに手を伸ばすんじゃないかと思ってさ。『悩んでる場合じゃない！　練習しなきゃ！』って達也に思わせたら俺の勝ち。それが今の俺の原動力かな」

「……素敵ですね」

「そこがいいんですよ」

先輩が努力をするのはすべて弟さんのため。それも、かつて弟さんがくれた優しさに報いるための努力。

……かっこいいなあ。

私はどちらかと言えば卑屈な人間で、優れた人を目にすれば「凄い」「かっこいい」よりもまず「それに比べて私は……」と考えてしまうのだけど、そんな私ですら先輩に対してはただひたすらに尊敬の念を抱いてしまう。

「よし、呼吸も整ってきたしそろそろ練習始めるかな」

「もう生き返ったんですか？」

「いや死んでないからね？　死にかけてはいたけど」

立ち上がった先輩は体育倉庫に向かい、程なくして二本の支柱を両脇に抱えて戻ってきた。ただ見ているだけというのはどうにもむず痒く、私も駆け足で残りの備品を倉庫から引っ張り出してきた。

「ネット張るの手伝います！」

「ありがとう、助かるよ」

「男子のネットって高さいくつでしたっけ？」

「二メートル四十くらいだね」

「了解です！」

ハンドルを回して支柱の高さを調整し、ネットをかけて紐を支柱にくくりつけていく。反対側の支柱でも先輩が同じ作業をしていた。

「おっけ、ありがとう！」

「いえいえ！　あ、ボール持ってくるの忘れてました。取ってきますね！」

再び体育倉庫まで走った。中学の下積み時代に散々雑用を任されていたからか、こういう時の動きは呆れる程機敏で、つくづくバレーボール部というものが身体に染みついているのだと苦笑した。

電気を点けてもなお薄暗い体育倉庫。足元に注意を払いつつ中ほどまで進み、大量のボールが入ったキャスター付きの籠に手をかける。そこで私の動きは止まった。

「……なんかがっつりかかわっちゃってる気がする」

昨日、もうかかわる機会はないだろうなんて言っておきながら、極々自然に先輩の隣にいる自分を今になって客観視した。

そもそも、私は先輩と深くかかわり合いになるつもりはなかった。

そりゃあ、かっこいいとは思う。尊敬もする。親しくなれたら素敵だろうなとも思う。でも、私なんかが傍にいていいような人じゃないという、ある種の線引きを心の中でしていた。分不相応な相手だと。

私はただ散歩ついでにジャージを返しに来ただけだったはずだ。「これ返しに来ました。それじゃあ失礼します」と言って早々に立ち去るはずだった。

けれど、苦悶に顔を歪めながらも努力する先輩を見たらどうしても話をせずにはいられなかった。

どうしてそこまで頑張れるのか。何が先輩を突き動かすのか。それを知りたくなってしまった。

知ってしまったからにはもう手遅れだ。先輩にも私と同じ挫折経験があったことも、弟さんのために今一度奮起したことも、毎朝嫌になりながら、それでも頑張っていることもすべて知ってしまった。

そのせいだ、先輩を応援したいと思ったのは。心の底からかっこいいと思ってしまったんだ。

私にできることなんて限られているけれど、雑用と球出しくらいならいくらでも。

そう思ってしまう程、私は先輩の人間性に惹きつけられていた。

「すみません、お待たせしました。籠いくつかあったんですけどボールこれで大丈夫ですか？」

「うん、完璧！」

　倉庫から出た私は先輩が立つエンドラインまでボールの入った籠を引いていった。

「サーブ練習ですよね、何か手伝いましょうか？」

「筋肉痛は平気？」

「ちょっと痛みますけど、全然動けますよ！」

「そっか、ならお願いしようかな」

　籠から取ったボールを見つめ、先輩は何やら考えを巡らせていた。

「よし、せっかくだから一つ勝負をしよう」

「勝負ですか？」

「俺が十本サーブを打って、鈴乃ちゃんがその内何本レシーブできるかの勝負。サーブミスは鈴乃ちゃんのレシーブ成功扱いで、鈴乃ちゃんが触れたボールは鈴乃ちゃん側のコートのどこかに落とせれば成功扱い。もちろん俺は正々堂々正面を狙うよ。鈴乃ちゃんはブランクあるからそうだなぁ、四本以上レシーブできたら鈴乃ちゃんの勝ちってルールでどうかな」

「面白そうですね！　でも正面に来るってわかってたら結構取れると思いますよ？」

「ほほう」

　先輩は笑いを堪えるように口の端を歪ませていた。

「む、さては私のこと舐めてますね？」

「いやいや、意外と自信家なんだなと思って微笑ましく思っただけだよ」

「ふふん。中学の頃はレシーブ上手いって部内では結構評判だったんですよ」

「いいね。ちなみに鈴乃ちゃんは何本取れる自信ある？」

「二本くらいで」

「いや自信なさすぎでしょ」

笑い混じりに突っ込んできた。

「レシーブに定評があったのは中学の頃ですもん。今は多分鈍ってます。ちなみに先輩は何本決める自信あるんですか？」

「え、一本も取らせるつもりないよ？」

「ああん？」

思わずヤンキーみたいな声が出た。

先輩、ちょっとそれは自信家が過ぎますよ。

「今すぐやりましょう。真剣勝負です。本気で来てください」

「負けず嫌いだこの子……」

私は足早にネットをくぐって向かいのコートの中央やや後ろ寄りを陣取った。それから「いつでもいいですよ！」と中腰で構えてみせた。

正々堂々の十本勝負。

いくら先輩が上手でも、コースが絞れている以上はそこまで恐ろしくはない。

「おっけー、打つよー」

先輩は緊張感の欠片もない緩いかけ声で勝負開始を宣言した。しかしその直後、気の抜けた声とは正反対の機敏な動きでボールを前方へ投げ出した先輩はエンドライン際まで走り込んで跳躍した。そして前方へ跳んだ勢いをそのまま腕に乗せ、鞭のようにしなやかな動きでボールを打ち抜いた。

「えっ」

凄まじい速度だった。先輩がサーブを打ったのだと頭の中で理解した瞬間にはもうボールはすぐ目の前まで迫っていた。

咄嗟に腕を合わせようとするも間に合うはずもなく、上腕部に当たったボールはほとんど勢いを落とすことなくコート外に弾き跳んでいった。

転がっていくボールを無言で眺め、私は確信した。

うん、無理だこれ。

ジャンプフローターサーブ。それも殺人レベルの剛速球だ。

あんなの顔面に当たりでもしたら顔の形が変わってしまう。

いや、当てない自信があるから打ったんだろうけど。実際腕の位置にドンピシャで飛んできていたし。いやいや、でもこれはそういう問題ではない。

「タイム！　ストップ！」

二本目を構えようとしていた先輩を慌てて制止し、ネット手前に駆け寄った。

「うん？　どうした？」

「ジャンプフローターは禁止でお願いします」

「でもさっき本気で来いって」

「すみません、舐めてたのは私の方でした。次からは私が取れる範囲の本気でお願いします。あれは反則です」

「わがままだなあ」

困ったように笑いながらも先輩は「いいよ」と了承してくれた。

「それじゃ二本目いくよ」

「……本当にジャンプサーブはなしですからね？」

「わかってるわかってる」

約束通り今度は比較的緩い球が飛んできた。私の目でも充分に反応できる速度。冷静に腰を落とし、ボールが到達するだろう地点で腕を構える。

これは余裕だ。まずは一本、そう思っていた時だった。

レシーブの直前、突如としてボールの軌道が変化した。それも左右に幾度となく振れるように。

「えっ」

僅かに予測地点とは異なる位置に飛んできたボールへの対応が間に合わず、レシーブこそしたもののボールはまたもコートの外に弾き出された。

「タイム！　ストップ！」

再びネット前まで詰め寄った。

「今の何ですか！」

「無回転サーブだよ。どう？　結構ブレたでしょボール」

「次からはそれも禁止です！」

「えっ……。う、うん……」

先輩は多くは語らず、けれど瞳で「それずるくない？」と私に語りかけてきていた。

「いつでも来てください！」

全力で無視した。先輩は観念したように苦笑していた。

「何打とう……」

ジャンプサーブも無回転サーブも封印されたとあっては流石の先輩もお手上げらしく、なかなか三球目の構えに入れないでいた。

「早く打たないと朝練の時間終わっちゃいますよ！」

ここですかさず精神攻撃。私は卑怯だった。

「くそ……っ！　もう一か八かだ！」

やけくそになった先輩は真正面に雑なサーブを放った。回転も球速も普通。今度こそ正真正銘、ただのサーブだ。煽って良かった。

これなら私でも拾える。満を持して腕を伸ばすも、またも予想外の出来事が起こった。

「えっ」

偶然か意図的か、サーブはネット上部に引っかかり、完全に勢いを吸収された後ぽろっとこぼれ落ちるように私の待つコートに落下した。

いわゆるネットインサーブと呼ばれる、試合中に一回起こるかどうかの珍しいサーブだ。もちろん入れば得点が認められる。捕球の難易度で言えばジャンプフローターや無回転よりも上かもしれない。

唖然とする私を前に、先輩は「あ、できちゃった」とやや嬉しそうな反応を見せたのでとりあえず例のごとくネット前に詰め寄ることにした。

「……先輩、それ狙ってできるんですか」

「いやいや、流石に狙ってはできないよ……。でもこれくらいしか手がないと思ってやってみたら偶然できちゃった。はは」

はは、じゃない！

「ネットイン狙うのも禁止です！」

「それずるくない!?」

ついに口に出してきた。しかしここで引き下がる私ではない。

「ずるくないです！　私はブランクと筋肉痛を抱えてるんですから！　おまけにスリッパですし！」

「くっ！　確かに……！」

その後も私達の攻防は続いた。

ジャンプサーブも無回転もネットインもすべて禁止されてなお先輩のサーブは強力で、コースが指定されているにもかかわらずレシーブは困難を極めた。間違いなく私が今まで受けてきたサーブで最も高難易度だった。

しかし全く拾えないというわけでもなく、最終的にかろうじて四本のレシーブに成功し、一本も取らせないと宣言した先輩を下してゲームは私の勝利に終わった。

「負けた……」

ネット前まで歩いてきた先輩は悔しそうな、それでいて楽しそうな顔をしていた。

「まあずるしてますからね。ずっとジャンプサーブやられてたら間違いなく完封されてましたよ。というか拾えた四本もセッターがいるはずの位置には返せてませんでしたし……。試合なら普通にレシーブミスですよあれ」

「でも勝ちは勝ちだよ。それにずっとジャンプサーブ打っててもそのうち目が慣れるだろうしね」

「その前に顔面が変形します」

「はは、それは大変だ」

雑談がてら小休憩を挟む。先程まで先輩が死にかけていたバスケリングの下まで二人で戻り、そこでようやく当初の目的であるジャージを返却した。

「これ今のうちにお返ししておきますね。ありがとうございました」

「おー、ありがとう。これ返すためにわざわざ来てくれたの？」

「はい。散歩ついでにお返ししておこうと思って」

「良い子すぎる」

感心したように言いながら、先輩はスポーツバッグからプラスチック製の透明な水筒を二本取り出した。片方はスポーツドリンクらしき液体、もう片方には何やら怪しげな緑色の液体が入っている。

「それ何ですか？」

「ＥＡＡとプロテインだよ」

「いーえーえー？」

聞いたことがない言葉だった。

プロテインに関しては私でもわかる。ボディビルダーやアスリートが練習前後に飲むタンパク質のドリンクのことだ。でももう片方については初耳だった。

「簡単に言うと効率良くアミノ酸が摂れるサプリメントかな」

「アミノ酸って何でしたっけ」

「タンパク質の原料……って言うとわかりやすいかな」

「なるほど……？　え、でもプロテインってタンパク質のことですよね？　タンパク質そのものを摂ってるのにタンパク質の原料も摂るんですか？　それならプロテインだけで事足りるんじゃ……？」

「鋭いね。でも使い分けることにはちゃんと意味があるんだよ。詳しくは割愛するけど、ＥＡＡみたいなアミノ酸のサプリはプロテインに比べて吸収が速いから即効性があるんだ。他にも筋肉のエネルギー源になったり筋分解を抑えてくれたり、色々メリットもあるから重宝してる」

「ふむふむ……」

わかるような、わからないような。

「えっと、なら運動する時にそのＥＡＡっていうのを飲んでエネルギー源にして、トレーニングが全部終わった後にプロテインも飲む……みたいな感じですか？」

「そうそう、その解釈で合ってるよ。だからこっちの緑色の方はまだ置いとく」

　話していると先輩のスマートフォンからタイマーの音が鳴った。休憩終了の報せらしく、タイマーをオフにした先輩は「よし」と立ち上がった。

「鈴乃ちゃん、まだ動けそう？」

「はい！　全然大丈夫です！」

「ならもうちょっと付き合ってもらってもいい？」

「もちろんです！」

　練習は朝七時まで続いた。練習といっても先程同様ゲーム感覚のものが多く、部活動で行うそれとはやや性質が違うものだった。きっと私が飽きないため、そしてバレーをやめた私が少しでもバレーを楽しいと思えるための先輩なりの配慮なのだろう。出会ってまだ間もないけれど、先輩の言動からは度々私を気遣うような優しさが感じられた。そして実際、先輩との練習は睡眠不足や筋肉痛を忘れられる程に楽しかった。

「ラスト、もう一本あげてほしい」

「はい！」

　練習の最後、私は高くトスを上げた。

　セッター経験のない私のトスは見るからに下手で、タイミングも精度も出鱈目だったけれど、先輩は難なく合わせてくれた。

高く跳躍し、全身のバネを使って振り抜かれる腕。

間近で見る先輩のスパイクは昨日遠目で見たそれとはまるで印象が異なった。

圧巻。その一言に尽きる。

跳躍した先輩を見上げるのは首が痛くなりそうで、そんな高度から地面に叩きつけられるスパイクはまさに驚異的。当たりどころによっては本当に怪我人が出そうな威力だった。

「先輩のスパイクをレシーブできる人、高校にいなそう……」

「いやぁ、それがいるんだよ。強豪校なんかはまずブロックが高くてさ、そういう相手に真正面でスパイク打っても決められないから威力と引き換えに精度重視で躱すように打ったりするんだけど、コースが制限される上に球速も落ちるから上手いリベロがいると結構な確率で拾われるんだよね。地区予選はともかく、県大で上の方までいくとかなり拾われるよ」

「ひええ……。世の中には凄い人がいっぱいいるんですね……」

「どこの県にも一人か二人くらいはとんでもない天才がいるからね」

「先輩もその一人じゃないですか」

「はは、俺は違うよ」

またまたご謙遜を。先輩をもってしても天才でないと言うのならこの世界に天才は存在しないことになってしまう。

「さ、そろそろ片づけようか」

「はい！」

備品類を倉庫に仕舞い、床のモップかけが終わると私達は体育館を後にした。

「鈴乃ちゃんはこれから一旦帰る？」

抹茶味のプロテインを飲み干した先輩が体育館前のベンチで訊ねてきた。

「はい、まだ家に荷物もあるので」

そう答える私の手にはホットココアが握られている。先輩が練習のお礼にと買ってくれたものだ。

やっぱり先輩は優しい。手の平に伝わるこの温かさは先輩の優しさの温もりだ。つくづく先輩は魅力的な人だと思う。

「じゃあ私は一旦これで失礼しますね」

「うん、付き合ってくれてありがとう」

立ち上がってお辞儀をする私に先輩は優しく微笑みながら手を振ってくれた。

その日以来、私と先輩は時折学校で話をするようになった。

といっても示し合わせて会っているわけではなく、偶然廊下で鉢合わせた際に軽く挨拶をするくらいの関係。いわゆる顔見知りだ。

「お、鈴乃ちゃんだ。この前は練習付き合ってくれてありがとう」

その日も、廊下ですれ違う直前に先輩が声をかけてくれた。

「一ノ瀬先輩。こんにちはー」

「今から何の教科？」

「英語です」

「うわあ、面倒だねそれは」

「ほんとですよ。私の代わりに授業出てください」

「じゃあ代わりに俺の授業出てもらおうかな。ちなみに今から数Aね」

「うわ、どっちも地獄じゃないですか！」

そんなやり取りを交わして、私たちは「それじゃまたねー」と適当な挨拶とともにそれぞれの教室に向かう。そして先輩の姿が見えなくなった途端、決まって隣で話を聞いていたアカリちゃん達に茶化される。そんな日常。

「鈴乃、あの先輩のこと好きなの？」

隣を歩くひなたちゃんがどこか楽しそうに訊ねてくる。アカリちゃんも美幸ちゃんもよくぞ代弁してくれたと言わんばかりに興味深そうな顔をしていた。

「いや、そういうのじゃないよ。家が近くてたまたま一緒にバレーしただけだもん」

「でもそこから始まる恋があるかもじゃん。あの人めっちゃ背高いし爽やかだし、かっこよくない？」

「まあ、それはうん……」

私の好みドストライクだし、優しいし、先輩と廊下ですれ違うとちょっと良い気分になるくらいには意識もしてる。

ただ、出会って数日で意識してしまうのは我ながら軽い女なのではないかと思ってしまって、そのせいで素直に先輩を恋愛対象として見るつもりにはなれなかった。

なんて、こんなことを口にすると皆口を揃えて「恋に日数は関係ない！」と力説してくるだろうから言葉にはしないけれど。

そうして日々茶化されながら過ごしている間に中間テストが目前まで迫っていた。

テスト週間に入ったこともあり部活動は全学年一時停止。その影響で登下校の時間が先輩と被るようになった。

「あ、おはようございます！」

朝、玄関を出ると学ラン姿の一ノ瀬先輩と遭遇した。

「おはよ。奇遇だね」

「ですね。それにしても、先輩の学ラン姿ってなんだか新鮮ですね」

「確かに。いつも赤ジャージだもんね」

「さすがの先輩でもテスト期間中は部活なしですか？」

「そうだね、この期間は自宅で筋トレがメインかな」

毎朝のヒートトレーニングといい、先輩はストイックだ。

普通の人はきっとここまで自分を追い込めないだろう。少なくとも私には無理だ。

「せっかくだから一緒に行こうか」

「そうですね」

今一度戸締りを確認し、先輩の横に並ぶ。

こうして横に立つと改めて先輩の背丈に驚かされる。私の頭の頂点が先輩の首くらいの高さで、顔を見て話そうと思ったらかなり上を向かなければいけない。

「鈴乃ちゃんはどう？　勉強してる？」

学校へ向かって歩きだしながら先輩が訊ねてきた。

朝からなんて酷い話題を振ってくるのだろう。そのことは頭から排除しておきたいというのに。

「まあ、多少はしてます……多少は……」

「その様子だとあんまり勉強は好きじゃなさそうだね」

「逆に勉強が好きな人なんているんですか？」

「俺は結構好きだよ」

「うわあ、変人だー！」

私が言うと、先輩は「あはは、鈴乃ちゃんって結構軽口言うよね」と愉快そうに笑った。もっとも、私がこんなに生意気な口を叩けるのは一ノ瀬先輩がそういったノリを許容してくれるだけの懐の広さがあるからなのだけど。

「だって勉強が好きって変じゃないですか。私はもう苦手で苦手で……」

「そんなに？」

「そんなにです。多分、すらすら問題を解けたらちょっとは楽しいんでしょうけど、私そこまで頭良くないので……。勉強方法とかもよくわからないですし」

歩きながらぼんやり空を眺めた。

今日は天気が良い。空には雲ひとつなく暖かな朝日が一直線に降り注いでくる。

先輩が「よかったら勉強教えようか」と言ってきたのはちょうど私が目線を正面に戻した時だった。

「え、いいんですか？」

「もちろん。この前練習付き合ってもらったからね。勉強を教えるというよりかは、勉強方法を教えるって感じだけどね。ほら、よく言うでしょ。飢えている人には魚を与えるのではなく魚の獲(と)り方を教えよって」

「よく言うかはわかりませんけど、言わんとしていることはわかります」

道すがら、先輩は科学的に正しいとされる勉強方法をいくつか教えてくれた。

「まず大事なのは覚えようとするのではなく、思い出そうとする意識だね」

「思い出そうとする意識、ですか？」

歩きながら、先輩は「そうそう」と頷いた。

「教科書や単語帳を読み込んで覚えようとするんじゃなくて、一回読んで一時的にでも頭に入っている単語を何度も思い出すんだ。人間の脳は面白くて、覚える時ではなく思い出そうとする時に記憶が定着するようにできてるんだよ」

「私、今までずっと単語帳とにらめっこしてました！」

「じゃあ今日からは思い出すやり方にチェンジだね」

「はい！」

じゃあ次、と先輩は早速次の方法を語り始めた。

「二つ目は、勉強時間を分割する、だね。これも脳の話なんだけど、人間は一度に記憶できる情報量に限界があるからぶっ続けで何時間も勉強するより何回かに分割した方が効率がいいんだ。ご飯と同じ感じかな。三食分のご飯を一度に全部食べると苦しいでしょ？　でも三食に分割すると食べられる。そんな感じ」

「なるほど……！」

とてもわかりやすい。そして私の性にも合っている。私はもともと長時間何かに集中するのが苦手だから分割した方が効率が良いというのはかえって好都合だ。

他にも先輩はいくつか実用的なテクニックを教えてくれた。疲労を感じる前に休憩を入れた方がいいとか、脳は睡眠中に記憶を整理するから睡眠時間を減らしてはいけないだとか、マーカーで印をつけたり綺麗なノートを作ったりするのは効率が悪いからやめた方がいい、など。

「脳機能そのものを高める方法とか他にもたくさんあるんだけど、基本的には分割と反復、疲れないを意識して勉強すると効果的だよ」

「ありがとうございます！　やってみます！」

話している間に学校に到着した。二年生と一年生の教室は階が違うため、昇降口で上履きに履き替えると同時に「またね、鈴乃ちゃん」と先輩が階段へ向かっていった。

「はい、色々教えてくれてありがとうございます！」

簡潔にお礼を言い、階段を上る先輩を見送ってから自分の教室へと向かう。

放課後、昇降口でまたしても先輩と鉢合わせた。

「あ、先輩」

「今日はよく会うね」

「ですね」

そんなやり取りをしている間に気を利かせたアカリちゃん達がそそくさとどこかへ去っていった。どうやら私達をくっつけたくて仕方がないらしい。あとでグループトークに「どうだった？」なんてメッセージが届くだろうことが既に予想できた。

アカリちゃん達の思惑通りになるのは癪だけれど、先輩とまったく同じ帰路なのに一緒に帰らないというのもそれはそれで変な話なので「一緒に帰りませんか？」と今度は私の方から持ちかけた。

「もちろん」

今朝同様、隣合って帰路につく。

「そういえば、先輩ってどうやって色んな知識を身につけてるんですか？」

「ネットとか本が大半かな。鈴乃ちゃんはあんまり本は読まない？」

「そういう実用書？みたいなのは読まないですね。読むといったら小説くらいです」

「お、いいじゃん小説。俺も結構小説読むよ。ミステリーとか恋愛とか色々」

「え、そうなんですか!?」

意外な共通点だった。

先輩はかなりの読書好きらしく、私が好きな小説の大半を読んでいた。おかげでそこからの話は大いに盛り上がった。

「この前の本屋大賞の作品読んだ？」

「読みました読みました！　めっちゃ面白かったです！」

「わかる。内容も面白いし、人生の価値観みたいなものを問われるから読みごたえも凄かったよね」

「そうなんですよ！」

　どうしよう、楽しい。

　時間を忘れて話していたせいか、あっという間に家が見えてきた。

「なんか一瞬だったね」

　同じことを思っていたのか、先輩が爽やかに笑った。先輩も私との話を楽しいと思ってくれていたという解釈でいいんだろうか。だとしたらとても嬉しいことだ。

「ですね。本当にあっという間でした。先輩は今から勉強ですか？」

「うん。あ、でもその前に公園で少しバレーやるよ」

「相変わらず熱心ですねー」

「あはは。まあバレーの練習をしたいっていうのはもちろんだけど、勉強前に軽く運動をすると脳への血流が良くなって記憶の定着率が上がるんだよ。あと集中力が上がったりもする」

「え、初耳ですそれ」

「ごめんごめん、朝教え忘れてた」

申し訳なさそうに言いつつ、先輩は「よかったら鈴乃ちゃんもやらない？」と誘ってくれた。

特に断る理由もなかったので同行することにした。それに、私がいることで先輩の練習が少しでも効率的になるのなら私としても喜ばしい限りだ。

「じゃあ私もご一緒します！」

「じゃあ少しだけ準備してから公園に向かおう。十分後に家の前集合でいいかな」

「はい！　急いで準備してきます！」

それから一時間ほど、私達は公園で軽いパス練習を行った。

先輩が言っていた通り、帰ってからの勉強は普段よりも集中を切らさずに行うことができた。味を占めた私は、その日からテストまでの数日間、決まって先輩と登下校を共にし、放課後には勉強前の運動として一時間だけパス練習をするようになった。

先輩曰く、勉強は一人でするよりも問題を出し合う形で行った方が効率が良いらしく、歩きながらだと更に効果が高まるのだとか。

そうしたこともあり、時間に余裕のある日は夕飯後に先輩と一緒に近所をぶらぶらと散歩をするようにもなった。

人生は何があるかわからない。まさか出会って間もない異性とこんなに頻繁に話をする関係になるとは思ってもいなかった。

先輩はとても話しやすくてフレンドリーで、そのおかげで何年も前から交流があるかのような自然体でいられる。

歩きながら交互に問題を出し合い、時にくだらない軽口や冗談を言い合った。

「全問正解です！　先輩なかなか賢いじゃないですか！　私が教えた勉強方法のおかげですかね！」

「いやあ、鈴乃先生の教えには本当に助けられました……って逆だよ！」

二人して笑い合った。先輩と話すのは楽しい。共通の話題があって、軽口を叩き合えるくらいノリも良くて、おまけに爽やかでかっこいいときた。

しかも、散歩中たまにすれ違う子犬や大型犬を目で追うようなお茶目な一面もある。きっと動物が大好きなのだろう。顔ごと向けてわんこを見るものだから、先輩はたまにうっかり目の前の電柱に激突しそうになる。

そんな子供のような注意散漫さを見せたかと思えば、今度は「鈴乃ちゃん、車来てるよ」と私の腕を掴んで歩道側に引き寄せてくれたりもする。男の人らしい力強さと頼り甲斐のある優しさについ鼓動が速まってしまう。

先輩の人柄を知れば知るほど、私の理想の男性像と一致していくのだから困ってしまう。

私たちが登下校を共にし、こうして夕食後に出歩くのはテストまでのたった数日間。

けれどのその数日はとても新鮮なものだった。

迎えたテスト初日。昇降口で先輩と別れて教室に向かっている途中、偶然廊下で彩奈ちゃんと鉢合わせた。

久しぶりに顔を見た気がする。女バレを見学した日以来だろうか。私と交わした「見学に来てくれたら潔く諦める」という約束を律儀に守ってくれているようで、あれ以来一切勧誘は行われていない。

彩奈ちゃんは私を見るなり「おはよ！」と表情を弾ませるも、直後にどこか浮かない顔を覗かせ、ややあってから下唇を嚙み締めていた。何やら物言いたげな様子で、けれどそれを必死に押し殺しているようだった。

「おはよー。どうしたの？」

「今、つい誘いそうになっちゃったから慌てて我慢した……」

まるでおやつを前に待てを強いられる飼い犬だ。背丈は高いのにとことん子犬らしい子だなと内心微笑ましく思った。

「あはは、相変わらずバレー大好きだね」

「うん！　私の生き甲斐みたいなものだからね！」

生き甲斐。

その言葉につい心が重くなる。

かつての私もバレーを生き甲斐にしていた。青春のすべてをそこに注いでいた。

しかし、今は違う。

「いいなぁ、生き甲斐。私も生き甲斐ほしいな」

バレーをやめてからの私には生き甲斐というものがない。

かつてあったはずのものが消えるというのは言いようのない虚しさがあった。まるで自分の一部が欠けてしまったような感覚だ。

「鈴乃ちゃんも是非バレーを生き甲斐に……ってこれじゃ勧誘になっちゃうか」

「バレーかぁ。絶対駄目ってわけではないんだけどね……。でももう全国を目指すだけの熱意は持てそうにないというか……」

「そっかぁ」

「ごめんね。でも彩奈ちゃんのことは応援してるよ」

「あ、そのことなんだけどね！　聞いてほしいの！」

「うん？」

喜々とした様子で、けれど無自覚に、彼女は私の古傷をえぐる言葉を発した。

「私ね、今度の試合スタメンで出られることになったんだ！」

それを耳にした瞬間、心臓が嫌な音を立てた。

「そうなんだ、凄いね！」

口では彼女を褒めつつ、どくどくと不気味に脈打つ鼓動に不快感を覚える。

……馬鹿、考えるな私。

私はバレーをやめたんだ。もう選手じゃない。だから一々比べる必要はないんだ。わかっている。頭ではわかっているのに。それでも、どうしようもなく突き放された気分に陥った。

私と彩奈ちゃんの間には才能という壁がある。けれど去年までのそれは、手を伸ばせば届きそうな低く薄い壁だった。私がもう五センチ高く跳べるだけで越えられた壁だ。

それが今はどうだろう。片や帰宅部、片や一年生にしてバレー部のレギュラー。その間にある差は果たして去年までと同じだろうか。

答えは明白。私たちの間には高すぎる壁がそびえ立っていた。彩奈ちゃんのふとした発言は意図せずしてそれを私に突きつけてしまった。

私は才能という言葉が嫌いだ。自分は凡才であり、跳ぶのが恐ろしくなり、だからバレーをやめた。だというのに、どうして今でも意識してしまうのだろう。

脳裏にはあの日届かなかった自分の指先が、あの敗北の瞬間が鮮明に蘇って（よみがえ）いて、ますます心臓に不快感が生じていた。

「これからも応援してるよ！　頑張ってね！」

必死で笑顔を振りまき、その表情に見合った心情でいられるよう自分を諭した。

けれど、駄目だった。

私は今、彩奈ちゃんに対して嫉妬心を抱いてしまった。それは私が最も抱きたくない感情だった。

嫉妬ほど醜い感情はない。

彩奈ちゃんは努力家で、私がバレーをやめてふらふらと遊び歩いている間もひたむきに練習を続け、正々堂々とレギュラーの座を勝ち取っている。

にもかかわらずだ、何一つ落ち度のない彩奈ちゃんに、私は「才能があるから」という理由だけでネガティブな感情を抱いてしまった。

たまらず「ごめん、日直だからそろそろ行かなきゃ！」とその場から逃げ出した。

私は最低だ。なんて醜い人間なんだろう。

そんな自己嫌悪が止まらなかった。

数日かけて行われた中間テストの結果は気分に反して上々だった。先輩から教えてもらった勉強法のおかげでどの科目の得点も八割前後に落ち着いている。

「はぁ……」

教室の片隅で重いため息が出る。

点数的には喜ぶべきなのだろうし、そうしたいのは山々だったのだけれど、先日の彩奈ちゃんとの会話が幾度となく脳裏にちらついてそれどころではなかった。おまけにテスト返却時に教員が発した「将来の夢や目標のためにも頑張るように」という余計な一言のせいでかえって陰鬱(いんうつ)な気分に拍車がかかった。

将来の夢や目標。私にはそれがない。バレーへの熱と共に失ってしまった。

もちろん、興味を持っている分野自体はある。

やりたいことが完全に皆無というわけでもない。

たとえば歌だ。高校に入って頻繁にカラオケに行くようになってから歌に興味を持つようになった。今はプロの歌手でなくとも動画サイトで人気を得られればお金を貰(もら)える時代で、昔よりは仕事として歌を選択するハードルは下がっている。

絵もいいかもしれない。昔から絵を描くのは好きだし、好きなことでお金を稼げるならそれに越したことはない。

他にも興味のあるジャンルは沢山ある。

ただ、どれをとっても私の夢や目標には相応(ふさわ)しくないと感じた。

結局のところ、それら全てに求められるのは才能だからだ。

歌の才能、絵の才能。どこにでもいる凡人である私にはどの能力も欠けている。

第一、そんな才能があるのなら今頃一ノ瀬先輩や彩奈ちゃんのように私も熱意に任せて歌や絵に取り組んでいるはずなのだから。

だから私には夢も目標もない。

より正確には、私の手が届く範囲に夢がない、と言った方がいいかもしれない。

私だって、もし手が届くのなら歌を夢にした。絵を目標にした。バレーだってそうだ。届くのならやるに決まっている。届かないから、届かなかったから手を伸ばさないんだ。先生の余計な一言は私の憂鬱さに拍車をかけた。

そんな気の重い放課後のことだった。

いつものように一ノ瀬先輩と帰路を共にしている最中、突如として先輩が信じられないことを口にした。

それは、憂鬱だった私の気分を一瞬にして動揺と羞恥に塗り替えた。

「今からデートしない？」

第三章　もう一度

「で、デートって……」

耳を疑った。

いや、いやいやいやいや。

ありえない。いくらなんでも唐突すぎるし、言葉選びがストレートすぎる。

「またまたー、いつもの冗談ですか？」

念のため確認する。返事は一瞬だった。

「そうだよ」

いや、そうなんかい。

って、何を落胆しているんだ私は。考えるまでもなく当たり前のことだろうに、デートという三文字のインパクトに釣られてつい冷静さを欠いてしまっていた。

「でも一緒に出かけたいのは本当だよ。テストも終わったことだし、打ち上げがてら二人でどこか行きたいなって」

……世間一般ではそれをデートと言うのでは？

などと思いつつも、当の先輩がデートではないと言っている以上こちらが必要以上に意識するのも不自然なため、ひとまずは「行きましょう！」と純粋に誘いに応じることにした。

「ちなみに、どこに行く予定ですか？」

「ちょうどこの前鈴乃ちゃんと話してた小説の続編が今日発売だから書店に行きたくて。鈴乃ちゃんも読むでしょ？」

「読みます！」

「じゃあ決まりだ」

ついでに他のお店も見たいからと、目的地は近所の百貨店に定まった。

一度各々の家に戻り、荷物を置いてからすぐに玄関前に集合した。

「お待たせしました」

「よし、それじゃ行こうか」

先輩はゆっくりと私の歩幅に合わせて歩き始めた。

百貨店に着くまでの道中、私達は様々な話をした。バレーに関する真面目な話はも

ちろん、実にくだらない話も多かった。そのくだらない話に差し込む形で、私はふと
これまで疑問に思っていたことを極力自然な流れで口にした。
「そういえば、先輩って彼女いないんですか？」
「いないよ」
その返答にどうしてか安堵する自分がいる。私は自分が思っている以上に既に先輩
のことを意識しているのかもしれない。そもそも、この手の質問をする時点で見方に
よっては意識しているとも言える。
「なんか意外です。偏見ですけど、先輩って色んな女の子にモテるからてっきり百人
くらい恋人いるのかと……」
「はは、本当に偏見だねそれは。しかも相当悪質だ」
誤魔化すように軽口を挟んだ私に、先輩は困ったように眉を下げて笑った。
「残念なことにそこまで仲の良い異性はいないよ。こうして話をする相手も鈴乃ちゃ
んくらいだし、鈴乃ちゃんが思ってるほど交友関係広くないからね俺」
「そうなんですか？　でも告白されたりしますよね？」
「まあそうだけど、バレーに集中したいから全部断ってる。そういうのが続くといつ
の間にか好意を向けてくれていた人もフェードアウトしていって、なんならあっさり
他の人と付き合ってたりするんだよ。しかも『彼氏できたんで！』とか言っていきな

り連絡先ブロックされたりするし」

「うげえ」

変な声が出た。なにそれ虚しい。

でもなんとなく想像がつく。中高生の恋愛ってそんなものだよなあ、と私もその中高生に含まれているからあまり偉そうには言えないものの、周りを見渡せば確かに男女共にそんなものだった。

何部の先輩がかっこいいだとか付き合いたいだとか言っておきながら、二ヶ月か三ヶ月もすれば今度は違う先輩のことを推しだなんて言っていたりするし、恋人ができたと自慢げに報告してきた友人はこれまた二、三ヶ月もすれば違う人と付き合っていたりする。

私には到底わからない感覚だけれど、身近でそういう例をいくつも見てきた。

「なんというか、モテるのも良いことばかりじゃないんですね……」

「だねえ。断るのも罪悪感あるしね」

「それはわかります」

同意する私の脳内には「バレーしようよ！」という子犬のような声が流れていた。

けれど彼女のことを思い出した途端、連鎖的にあの日抱いてしまった汚い自分の感情までもを掘り起こしてしまい、慌てて先輩との会話に意識を戻した。

「ちなみに最後に告白されたのはいつですか？」

「先月かな。ちょうど進級した直後くらいだね」

「めちゃくちゃ最近じゃないですか」

「でもその子、俺が断った翌週に彼氏できたらしい」

「ひいいいい」

気の毒だ、気の毒すぎる。

「本当に大変ですね……」

「あはは、もう慣れたけどね」

先輩に同情している間に目的地である百貨店に到着した。

一階は化粧品売場となっていたため、ひとまずエスカレーターに乗って二階にある書店を目指した。

程なくして書店につくと、まずは先輩が言っていた新刊を手に取り、次いで小説のコーナーを二人で見て回った。

せっかくだからお互いにおすすめの小説を紹介しようという流れになり、私は何冊かの恋愛小説を、先輩はまだ私が読んだことのないジャンルの作品をいくつかおすすめしてくれた。

そうして一通り小説を見終えた後は先輩たっての希望で実用書コーナーに足を運ん

だ。脳科学やスポーツ理論、心理学の本を先輩は好んで読むらしい。

「脳科学の本を読む高校二年生なんてなかなかいないと思います」

本の概要を確認する先輩の横で呟（つぶや）く。先輩は視線を本に向けたまま「俺もそう思う」と同意した。

「でも脳科学って結構面白いんだよ。集中力を上げる方法とか記憶力を上げる方法みたいな人生に役立つ情報が沢山あるからね」

「あ、もしかしてこの前教えてくれた勉強方法も脳科学ですか？」

「そうそう。結構役に立ったでしょ？」

「おかげさまでほとんどの科目で八割を超えたくらいには……！」

たった一週間の実践でそれだけの点数を取れたのだから、今後も継続的にやっていけばもっと成績が上がるかもしれない。そう考えれば、確かに脳科学はかじっておいて損はないかもしれない。

「先輩はテストどうでした？」

「二教科だけ満点取れなかったよ」

「……はい？」

さらっと爽（さわ）やかに言ってのけたけれど、それが嫌みに聞こえるのは私が捻（ひね）くれているからだろうか。

「スポーツできて勉強もできるとか……ずるすぎる……」

「あはは。それこそ脳科学の話だよ。たぶんこの本に書いてあるんじゃないかな」

先輩は笑い混じりに棚から一冊の本を抜き出すと「ほらこれ」とページの一部を指さした。そこには脚力と心肺機能が高い人ほど知能も高い旨の文章が記されていた。

「これ、本当ですか？」

「本当だよ。実際、俺も昔はテストの点数六割とか七割くらいだったんだけど、ヒートとかジャンプ力のトレーニングをやってたらめっちゃ成績上がったしね」

「え、そうなんですか⁉」

どちらかと言えばそっちの方が信じられない。てっきり最初から頭が良いものだとばかり思っていた。

「どう？　ちょっとは脳科学に興味湧いた？」

「くっ……先輩は勧誘上手ですね……」

流されるがまま、先輩がおすすめする本を一冊購入することにした。

書店を後にした私たちは小腹を満たすためにフードコートへ向かっていた。

「そういえば、先輩って過去に恋人いたことはあるんですか？」

移動中、せっかくだから恋愛の話を振ってみた。恋に発展する前の悲惨な話はさっき聞いたものの、なんだかんだ先輩の恋そのものについてはまだ聞いていなかった。

「いたよ。中一の頭から中三の途中まで付き合ってたかな。小学生の頃から同じバレークラブに通ってした子で、ずっと両想いだったんだ」

「めちゃくちゃ青春してるじゃないですか！」

「はは、確かにね。そういう鈴乃ちゃんは彼氏いたことないの？」

「うーん、両想いだった人がいて告白もしてくれたんですけど、バレーに専念したいからって断っちゃいました」

「おお、ストイックだ」

今となってはあの時大人しく付き合っておけばよかったと後悔しているけれど。

「本当にもったいないことをしました……」

「でもちゃんと青春はしてるじゃん」

「まぁそうなんですけどね。それでもやっぱり後悔はあると言いますか……」

「大丈夫だって。青春なんてまだまだこれからなんだから。鈴乃ちゃん魅力あるし」

「いやいや。全然ないですよ。告白されたのも人生でその一回だけですし。私自身、自分に魅力があるとは思ってないですもん」

足元に視線を落としながら言う。隣を歩く先輩の大きな足は、そのサイズに反して私の小さな歩幅に合わせられていて、それに気づいた瞬間、こういうところがモテるのだろうなと自分との差を痛感した。

「俺は十分魅力あると思うけどね」

「えー、そうですかね」

「うん。俺は好きだよ、鈴乃ちゃんのこと」

その言葉に思わず顔を上げた。

「なっ、何言い出すんですか急に！」

「え、何って言葉の通りだよ。鈴乃ちゃんは自分に自信なさすぎだって。鈴乃ちゃん話しやすいしノリも良いし、男友達と同じ感覚で居られて楽しいよ」

「え、あ……そういうことですか」

皆まで聞いて自分の勘違いに気づいた。先輩の言う好きは恋愛の好きではなく友愛の方。女性としての魅力ではなく人間としての魅力の方だ。

「あ、もしかして恋愛的な意味の方で受け取ってた？」

「……言わないでください。自意識過剰みたいでめちゃ恥ずかしいです」

「ごめんごめん、俺の伝え方が紛らわしかったね。でも鈴乃ちゃんは女性としても魅力的だから別に自意識過剰とは思わないよ」

「ふん！」

拗ねたような素振りを見せつつも、先輩が特に私を変に思うこともなく、むしろ肯定してくれたおかげで内心では軽く安堵していた。

そうこう話している内にフードコートが見えてきた。夕飯前の時間帯ということもあり人はそこまで多くない。私達と同じく放課後に訪れた中高生がちらほらと目につくくらいだ。

適当な席に座り、私達は思い思いの料理を注文した。私は夕飯に備えて控えめにフライドポテトだけ、先輩はタンパク質が摂れるからと言ってステーキを平らげていた。

食事を終えた後は再び百貨店内をうろついた。

先輩は私服をあまり持っていないと言っていたので主に洋服を見て回ることにした。

「先輩身長高くて引き締まってるので、堂々と体のラインを見せる服を着た方がスタイリッシュでかっこいいと思います」

「ストレートタイプのパンツとか？」

「ですね！　ちょっと試着してみてください！　爽やか系なので上は白系統で合わせるといいかも？」

「よし、ちょっと着てくる」

先輩が試着室にこもってから数分後、「どうかな？」と言う声とともにカーテンが開かれた。

無地の白パーカーに黒のストレートパンツ。一見お洒落とは言えない無難すぎる服装で出てきた先輩は、しかし思わず見惚れてしまうような魅力があった。長い脚は引き締まっているものの決して貧相ではなく、確かな逞しさと美しいシルエットを兼ね備えていて、上半身は見込み通り爽やかな好青年といった風貌だった。素材が良いからこそシンプルなコーデが良く映える。

「うわぁ……。先輩……うわぁ……」

「え、なにその反応怖いんだけど」

「めっっっちゃ良いです……」

不覚にもドキッとしてしまった。普段なるべく意識しないようにしているだけで、先輩はもともと私の好みそのものの人で、そんな人がこれまた私好みの服を着ているのだからかっこいいに決まっている。

駄目だ、先輩を異性として意識してしまいそうだ。というか、既にしている。

本音を言えばあまり先輩を恋愛対象にしたくはない。私では先輩に釣り合わないし、そもそも先輩は去年までの私と同じ、恋愛よりもバレーを優先する人だ。報われないとわかっている恋にわざわざ落ちたいとは誰も思わないだろう。だから私はなるべく先輩を意識しないようにしていた。

しかし、いよいよ理性で感情を抑えるのが困難になってきそうだ。意識しないようにすればするほど、その魅力に目がいってしまう。

たとえば、先輩は私が買い物をすると必ず荷物を持ってくれる。私に引け目を感じさせないためか「重い物を持った方がトレーニングになるからむしろ持たせてほしい」なんて言って。

先輩は必ず私の歩幅に合わせてくれる。私を置いていくことも急かすこともなく、ずっと隣で笑ってくれて、たまに「足疲れてない？」と優しく気遣ってもくれる。

どれも些細なことで、でもとても素敵なことで、先輩を魅力的だと感じてしまう。

「日も暮れてきたし、そろそろ帰ろうか」

デパートの窓から茜色の空が垣間見えた頃、先輩が口にした。

「そうですね」

帰り道はいつものように他愛のない話をしながら歩く。やはり先輩は爽やかでノリが良くて、そんな先輩が相手だからか、普通なら何とも思わないような些細な話でも楽しいと思えた。読書という共通の趣味もまた会話を盛り上げてくれる一因だった。

先輩といる時間は充実していて、いつの間にかすっかり憂鬱さを忘れていた。

「それじゃ、またね」

「はい、また！」

玄関前で先輩に手を振り、家に入った途端「またね」の言葉に安堵する自分がいたことに気づく。よかった、また次もあるんだ、と。

先輩を意識しないよう自制していながら、私は先輩と話せることを、その喜びを特別視している。二律背反する感情に振り回されるのはなんだか落ち着かない。これが恋であるとはまだ言えないけれど、少なくとも私が先輩に惹かれているのは疑いようもない。だって、先輩と過ごす間は楽しいのだから。日々の悩みも鬱憤も将来への不安も、ただ隣に先輩がいるだけで気にならなくなってしまう。

きっと、この感情が発展した先に恋があるのだろう。

先輩は私にはもったいない、分不相応な相手。引き返すなら今しかない。そう思っていても、「またね」の約束を心待ちにする自分を、私は否定できなかった。

テストが終わってからの生活は概ねルーティン化していた。

朝は七時に起きて、軽食を摂ってから登校。テスト期間が完全に終了して部活動が再開したため、先輩との登下校は別々になってしまった。

そうして一人で登校し、学校に着くといつものメンバーで朝の時間を過ごす。慌ただしい朝の時間が終われば今度は退屈な授業の時間だ。あまりにも窮屈すぎて放課後はいつも肩が凝っていた。けれど大抵、その凝りを翌日まで引きずることはない。

「よし、今日もよろしく」

「はい！」

先輩が部活を終えた後、私達は毎日のように公園に集まっていた。元々はテスト勉強前の習慣だった放課後のバレーは、どちらから持ちかけたわけでもなく自然に継続していた。

バレーボール程肩を動かすスポーツはそうそうない。先輩の練習に付き合っているといつの間にか昼間に生じた肩凝りは消えている。

練習はお母さんから【ご飯だよ】と連絡が届くまで続き、その後は二人で喋りながら帰るのが定番。といっても、近頃は「そろそろ県大の予選あるから」と言って先輩だけ公園に残る日も増えてきたけれど。

家に帰った後はご飯を食べてお風呂に入って、その日出された課題を済ませてから床に入る。そのまま眠気が来るまでアカリちゃん達とメッセージのやり取りをしたり、近頃は動画アプリで可愛い動物のショート動画を見漁ったりもしている。

それが私の日常。

毎日毎日、同じことの繰り返し。

先輩と過ごす時間だけは良くも悪くも緊張して心を揺さぶられるけれど、それもたかだか晩ご飯までの数十分間だけの話で、私の一日は概ね平坦な情緒が続く。落ち込むことはあっても極端に気分が上がることはない。

退屈。現状の私を表すのにもっとも相応しい言葉がそれだった。

そのせいか、ただでさえ多い悩み事は暇を持て余した勢いに乗って余計に増加した。

中でも、ここ最近ひと際私を悩ませることがあった。

「私ってなんなんだろう……」

ベッドの上で独り不安を吐露した。

私は何をやりたいんだろう。どうなりたいんだろう。何を糧に長い人生を歩めばいいのだろう。夢中になってバレーに打ち込む彩奈ちゃんや一ノ瀬先輩を見ていると、自分の空っぽさが際立って仕方がない。

そう、空っぽだ。私の中には何もない。

周りにいる人達は皆、夢とまではいかずとも心の中に「これだ」と言える何かを持っている。

アカリちゃんは推しの歌い手、美幸ちゃんはお菓子作りが趣味で、ひなたちゃんは美容関連に精通している。

私だけだ、何も持っていないのは。

読書をしたり動画を見たりするのは好きだけれど、それは熱中できる趣味だから手を伸ばしているのではなく、夢中になれるものがないから代わりに手を出しているに過ぎない。能動ではなく受動。私から生じる熱はそこにはない。

私がこうなったのはバレーをやめてからだ。あれ以来、何をしても何を見ても、たとえそれを楽しんでいたとしても、心のどこかで虚しさを感じている自分がいる。結局、私にはバレーしかなかったんだ。後にも先にもバレー程私を夢中にさせてくれるものはなかった。

私の不幸はバレーの才能がなかったことに他ならない。あと五センチ高く跳べていれば、たった数センチの才能が私にあれば今でもバレーを続けていたかもしれない。この世界は才能がすべてで、それがない私はきっとこれからも変わらないのだろう。無気力に生きて、たまに現れる先輩や彩奈ちゃんのような才能ある人に心を揺さぶられて思い悩んで、けれど結局自分は何も変わらなくて、そんな風に何かを諦めながら冴えない一生を送るんだ。

ふつふつと、心の中に虚しさが募っていくのがわかった。わかっていても、どうしようもなかった。

私には、この現状を打破する方法がわからなかった。

五月が終わった途端、一気に気温が上昇した。

私の生活は変わらず単調で、だというのに、いや、だからこそ悩みは膨れていく一方だった。

そんなある日の放課後。掃除当番だった私は体育館横にあるゴミ捨て場に足を運んでいた。きつく縛った袋を捨て、教室に戻ろうとするまさにその瞬間、体育館に入っていく彩奈ちゃんの姿が見えた。

おそらく届いたものを試着していたのだろう、彩奈ちゃんはユニフォーム姿だった。

それはレギュラーの証（あかし）であり、チームを背負う人間である証明。

私には何もないのに、彩奈ちゃんは今も結果を出し続けている。

比べてはいけない。嫉妬（しっと）してはいけない。

必死に自分を諫（いさ）めるも、心が苦しくなった。肺と心臓を重苦しく黒い何かが満たしていって、息が苦しくなる。

また別のある日、アカリちゃんが「推しのライブに当選した！」と喜々として報告してきた。いつもなら純粋に祝えたはずのそれですら今の私には負担だった。

アカリちゃんには夢中になれるものがある。羨（うらや）ましくて仕方がなかった。

ひなたちゃんはアルバイト代で可愛らしい洋服やコスメを買って楽しんでいるし、美幸ちゃんも日々お菓子のレパートリーを増やしている。

みんな進んでいる。何かに打ち込んでいる。

私だけが取り残されたような気分だった。

一日、二日。時間が経つほどに孤独感は深まっていった。

退屈で窮屈で、自分はどうすべきかわからないという焦燥感に駆られる日々。

いつまでこんな生活が続くのだろう。

私だって夢中になれる何かが欲しい。夢を現実に変えられる才能が欲しい。

そんなことばかりを考えていたある日のことだった。

「先輩は夢ってありますか？」

いつものように公園でパスの練習をしている私の口から、ついそんな言葉が零れた。

「あるよ。バレーで全国出場。なんなら優勝も狙ってる」

いつも通りの美しいレシーブで私の手元に返球しつつ、先輩が堂々と言い切った。

全国出場。漫画の中でしか聞かないような高い目標を恥ずかしげもなく口にできるのは、先輩にとってそれが手の届く範囲にある目標だからだろう。先輩にはそれだけの技術と能力がある。人に誇れるだけの才能が。

「私は先輩が羨ましいです」

先輩とは反対に、集中が途切れた私のボールはあらぬ方向へ飛んでいった。

「羨ましいって、何が？」

ボールについた土を払いつつ先輩が訝しそうに訊いてきた。

「私にも人に誇れるものがあればもっと楽なのになって……」

「もしかして、最近元気ないのそれが理由？」

「え、気づいてたんですか……？」

私はこれまで一度として先輩に愚痴を吐いたことはない。どちらかと言えば明るい後輩を演じている節すらあった。だというのに、先輩は私の異変を察知していたというのだろうか。

「私そんなにわかりやすかったですか？」

「いや、なんとなくだよ。直感」

「凄いですね……」

先輩は一旦休憩にしようと持ちかけ、壁にもたれかかりながら手招きをした。これ以上雑なプレーで足を引っ張るのも申し訳なかったので私は大人しく招かれるがまま先輩に倣った。

私が横に並んだのを認めると、先輩は幼子を諭すような優しい声で「どうしたの？」と問いかけてきた。

「……私には人に誇れるような才能がありません。それだけならまだいいんですけど、自分は凡人なんだって割り切った考え方をしているくせに、いざ自分よりも凄い人を見ると、なんというか、こう……」

どうにも歯切れが悪かった。言いたいことは明確だったのに、それを自分の口から言葉にすることに抵抗があった。

「ゆっくりで大丈夫だよ」

先輩は口下手な私を急かすでも否定するでもなく、変わらず優しい声のまま、自分のペースで良いんだよと肯定してくれた。

その言葉に少しだけ救われたような気になって、私はようやく喉元に詰まっていた言葉を吐き出した。

「嫉妬してしまうんです」

私が抱える悩みをより根深い問題にしているのがそれだった。

たとえば、私には人に誇れるだけの背丈がない。でもそれだけなら決して悩みはしない。百六十センチなんて同性の中では決して低い方ではないのだから。

容姿もそうだ。私は探せばどこにでもいる程度のレベルではあるものの、バレーをしていたおかげで姿勢やスタイルは悪くないし、大きなコンプレックスも特にない。

夢や目標だって、高校一年生なら無くても当然だということも理解している。

誇れるものも熱中できるものも私にはないけれど、同様にコンプレックスとなりえる決定的な欠陥もない。本当なら私が悩む必要はどこにもないんだ。

にもかかわらず、それらが悩みとなるのは、そこに嫉妬という感情があるからだ。

「……先輩、黒宮彩奈ちゃんって知ってますか？」

「知ってるよ。女バレの一年生だよね。あんまり話したことはないけど、大型新人が来たって結構噂になってるよ」

「去年、私がバレーをやめるきっかけになった試合のラストプレー、その時に私から点を取ったのがその子なんです」

全身全霊で跳躍して、でも手は届かなくて、たった五センチの差で私は負けた。

「その時に思ったんです。私にあと五センチ身長があれば……って」

あと五センチ身長があればあのスパイクをブロックできていたかもしれない。何度も何度も何度も、夢に見るまでそんなことを考えた。意味がないとわかっていても、頭の中に繰り返しあの瞬間の光景がよぎるんだ。

それからだ、私の心に汚い感情が浮かぶようになったのは。

本来なら悩みの種ではなかったはずの身長が、彩奈ちゃんや背の高い人を見るたびに「もし私にあの身長があれば」だとか「恵まれた遺伝子で羨ましいな」なんて私に思わせてくるようになった。

一度そうなってからの私は、世界のすべてがその視点で見えた。

「街で可愛い子を見かけた時、前までの私なら『可愛い！』って素直に思えてたんです。でも今の私は『あーあ、人間は不平等だな』なんて考えてしまって、先輩を見た時も背の高さとか身体能力とか、そういうところばっかりを見てしまっていて」

勉強が得意な子を見ても、芸術やスポーツに秀でている人を見ても、何を見ても同じことを思ってしまう。

恵まれた人を羨み、妬み、そして何も持っていない自分を呪う日々。

私の独白を、先輩は頷きながらじっと聞いてくれていた。

私だって、本当は彩奈ちゃんともっと仲良くしたい。実力差や身長差なんて気にせず、できることなら一緒にバレーだってしたい。私はバレーが好きだ。大好きだったんだ。

でも、それはできない。

「私は才能って言葉が嫌いです。私にはないものですから。それに、才能ある人たちだって努力しているのに、私はその努力の結果さえも『だって才能があるから』の一言で片づけてしまっているような気がして、でもやっぱり才能が全部なんだって意地を張る自分もいて」

言いながら、段々と乾いた笑いが出てきた。

たかが一回負けたくらいで、ちょっと才能の差を思い知っただけで、私は何をこんなに悩んでいるのだろう。どうしてこんなに跳ぶのが怖いのだろう。

「すみませんおかしなこと言っちゃって。変ですよね私。負けたのなんて去年の話なのにずっと引きずってて、馬鹿みたいです……あはは」

笑おうと気を張っているわけでもないのに不自然に口角が上がった。

バカバカしいと自分を一蹴しなければ、そうやって自分の心さえも騙さなければ何かが崩壊する気がした。

だから私は笑い続けた。自虐的に、愉快そうに。こんな小さなことで悩むなんてみっともないぞと必死に自分に言い聞かせ、目頭が熱を帯びていることにも気づかないフリをして。

そんな時だった。

「変じゃない」

そんな言葉と共に、私の頭に手が置かれた。大きくてゴツゴツしていて、けれど優しさを湛えた温かい手。

「負けるのが悔しいのも、怖くなるのも、何もおかしくないよ」

慈しむように先輩が言った。

それから髪の毛が乱れないようゆっくりと頭を撫でてくれた。

「……だって、あと五センチですよ。悔しいに決まってます」

「そうだね……。もう少しだった」

「三年間必死で頑張ってきて、やっとの思いでレギュラーになれて決勝まで来られたのに……。あと少しだったのに……」

なのに、なのに、私はこんなにも醜くなってしまった。才能ある人を妬む人間になってしまった。

「……鈴乃ちゃんは沢山頑張ってたんだね」

優しい先輩の声。

涙が出そうだった。けれど先輩の前でみっともない姿を見せたくなくて、代わりにこれまでずっと胸の奥底に押し込めていた思いを吐き出した。

「私だって、できることなら今からでもバレーをやりたいです。誰かに嫉妬する必要もないくらい上手になって、県大会に行って、全国にも行って……。そんな青春を送りたいです。でも、怖いんです……」

「怖い？」

「跳ぶのが怖いんです。また届かないんじゃないかって、また悔しい思いをするんじゃないかって、そう考えたら怖くて怖くて、息ができなくなるんです……。もう嫌なんです、誰かに嫉妬して、そんな自分を責めるのは……」

あの敗北の瞬間がずっと頭から離れてくれない。

私の指先を掠めたボールが床に叩きつけられ、振り返った私の視線の先には呆然と立ち尽くす仲間の姿があって、その瞬間、皆の時間が止まっていて。

誰もが敗北を受け入れられていなかった。現実に頭が追いついていなかった。

けれど試合終了のホイッスルが鳴り、嫌でも現実を思い知らされた。ネットの向こうでは相手チームが歓声をあげて抱き合い、よく決めたね、凄いねと称え合い、対する私達のコートにはただただ虚しくボールが転がっていた。

「私にはもう、自分を信じる勇気がありません……。バレーだけじゃなくて、何をやってもきっと自分には無理だって思ってしまうんです。成功するのはきっと才能ある一部の人だけなんだって」

「そっか、鈴乃ちゃんは自信が持てなくなっちゃったんだね」

「はい……。すみません、こんな話をしてしまって」

「ううん、話してくれてありがとう」

先輩は私の頭をぽんぽんと指の腹で優しく叩き、夕焼けに染まる空を仰いだ。何かを考えるようにじっと空を見つめる先輩は、やがて何かを思いついたように私に訊ねてきた。

「鈴乃ちゃんはさ、もしもあと五センチ高く跳べたら……って考えたことはない？」

「あります。なんならずっとそんなことばかり考えてました」

「じゃあ、もし今その五センチを超えられたらまたバレーを始める勇気が出るかな」

「無理ですよ。三年間頑張っても届かなかったんですから」

「それでも、もし跳べたとしたら？」

やけに食い下がってきた。

できるかできないかではなく、できたらどうしたいか、どう思うかを教えてほしい。

そう言いたげな訊き方だった。

「そりゃあ、跳べたら多少は自信もつくとは思いますけど……」

口ごもりながら答えた。質問の意図はわからなかったけれど、どのみち私には無理だと思った。一番運動能力が高かっただろう現役の時に届かなかった高さ、それこそ彩奈ちゃんのような恵まれた人間にしか届かない領域に私の手が届くところをどうしても想像できなかった。

そんな弱気な返答にもかかわらず、先輩は「よし」とやる気に満ちた顔を見せた。

「鈴乃ちゃんが超えられなかった五センチ、俺が超えさせてみせる」

「え、どうやってですか？　筋トレとか……？」

「いや？　というか体を鍛えるみたいな長期的な話じゃないよ。今日超えるんだよ。今日これからすぐ」

思わず言葉を失った。

いくら先輩でもそれは無茶だ。

私がバレーをやめてからもトレーニングを続けていたのならまだ理解できる。いや、それでも私の才能では届くか怪しいところだけれど、かろうじて納得はできる。

ただ、今の私は鍛えているどころかむしろ筋力が落ちている。運動しなくなったせいで何キロか体重も増えているし、身長だって一ミリも伸びていない。

そんな私があの日超えられなかった壁を超えるなんて不可能だ。できるはずがない。

「はは、信じられないでしょ」

私の心の内を見透かしていたのか、先輩は悪戯な笑みを浮かべていた。

「はい、正直無理があると思います……」

「無理かどうかはやってみてのお楽しみ」

そう言って先輩はスポーツバッグの中に入っていた筆箱からメジャーと水性マーカーを取り出した。

「中学の女バレってネットの高さいくつだったか覚えてる？」

「二メートル十五です」

「おっけー。俺の身長が百八十五だから、ちょうど三十センチ上だね」

先輩は壁の前に立ち、自分の頭上三十センチの位置にマーカーで横に長い一の字形の印をつけた。

「線は後でちゃんと消すとして、多分この赤い印がネットの高さくらいだと思うんだけど、体感的にどうかな。合ってる？」

「はい。ちょうどです」

「よし、それじゃあ試しに全力ジャンプして腕を伸ばしてみてほしい」

「絶対ジャンプ力下がってますよ……？」

やはり跳ぶのは恐ろしく、つい保険的な前置きを入れた。それでも、ひとまずは今出せる全力で垂直に跳んだ。ブロックと同じ要領で両腕を伸ばすと、手首から先が赤い印の上に出た。

足元に気をつけながら着地をした私は「駄目です」と重い息をついた。

「五センチ高く跳ぶどころか五センチ低くなってました」

ブランクを考えれば当然のこと。しかし先輩は余裕に満ちた顔で「なるほどね」と頷いていた。

「楽勝だよこれ」

そう言って先輩はいくつかの動きの修正を私に指示した。一つはジャンプ時のフォーム、次に腕の振り。そして体重移動の仕方。

先輩がオーケーサインを出すまで言われた通りのフォームを繰り返すと、次に先輩は「俺の真似して」と様々なウォームアップの運動を始めた。見覚えのない動作はどれも単純で、とても効果があるとは思えなかった。

アップが終わると、先輩は「はい、さっきのフォームで跳んでみて」と軽い口調で私に促した。

包み隠さずに本音を言うと、私はまるで先輩を信用していなかった。もちろん、自分自身のことも。

あの敗北の日から、私は自分に期待するのをやめた。何事も自分にはできないと思っていればいざ失敗しても受けるダメージが少なくて済むから。ほらできなかったでしょ、と自分に言えるから。

それは今も同じだった。

印の書かれた壁の前に立ち、腰を落とすこの瞬間も、私はどうせできないのだと後ろ向きな気持ちを捨てられずにいる。

こんなウォームアップでは何も変わらない。フォームを正したところで結局は身体能力が凡人なら結果も凡人の域を出ない。私は彩奈ちゃんを、天才の壁を超えられない。

そう思いながら跳躍した、まさにその瞬間だった。

「――え」

そんな声が出た。

驚く程体が軽かった。まるで羽でも生えているかのように。どこまでも跳べるような、そんな錯覚にすら陥った。

思わず腕を伸ばした。あの時超えられなかった天才の壁。あと五センチの壁に向かって。

届け。そう願う間もなかった。文字通りあっという間の一瞬、けれど今、私は確かに——。

刹那の出来事だった。

「……届いた」

ずっと私を苛んでいた五センチの壁。三年間足掻いても届かなかった天才の壁。それをこんなにもあっさり、何の苦労もなく。

地に足をつけた私の頭を、すぐ傍にいた先輩がぽんぽんと優しく叩いた。

「ほらね、楽勝だったでしょ？」

その言葉に私は小さく頷いた後、「あんなに苦労しても超えられなかったのに、どうして……」と疑問を口にした。

「鈴乃ちゃんは中学三年間、多分死に物狂いで努力したと思う。凄いことだよ。でも、鈴乃ちゃんはまだ正しい努力と知識に出会えてなかった。だから届かなかったんだ」

「正しい努力と知識……ですか？」

「そ。実はね、五センチを埋めるのはとても簡単なことなんだ。ただ跳び方と筋肉を最適な状態にするウォームアップのやり方を知っているだけでいい。鈴乃ちゃんが才能の差だと思って諦めてしまった壁は、ほんの少しの知識で乗り越えられる壁だったんだよ」

正しい努力と知識——。

確かに、現役時代の私は必死に体を動かすばかりで、今みたいに腕や脚、重心に至る細部まで意識しながら練習をしたことはなかった。

「凄いでしょ。でもこれで終わりじゃないよ。今のはただの正しいフォームとアップを取り入れただけ。ここから科学的に正しい方法で継続的にトレーニングをしたり、重りとなる体脂肪を落とせばもっと高く跳べる」

「もっと高く……」

さっきまで心の内で否定していたそれをいざ自分の体で証明した以上、もう否定はできない。必死に足掻いてきた三年間がたった数分のウォームアップに負けた事実は悔しいし、私の努力は無意味だったと言われているようなものだけど、それでも、悔しくても認めるしかない。

「それじゃあ、私は──」

先輩はふっと、優しい笑みを浮かべた。

「鈴乃ちゃんはもっと跳べるよ。凡人なんかじゃない」

その言葉を聞いた瞬間、胸の中にあった重く不快な靄が晴れていくのがわかった。

「考えてみてよ。鈴乃ちゃんはこれまで食事のタンパク質量を意識したり、科学的な方法でのトレーニングをやってこなかったわけでしょ？　フォームもそうだし、改善できるところは沢山あったと思う。もしそれを全部直したらどうなると思う？」

その言葉に否応なしに未来を想像させられた。

もしも私が、今までなかった知識と練習を取り入れたら。もっと身体能力が高くなって、技術もフォームもより洗練されていったら。

「……なれますか」

ぼそっと、囁くように口にした。

「私なんかでも、もっと上手になれますか。またバレーを楽しいと思えるようになりますか……？」

「なれるよ。俺が保証する」

そう言って、先輩は真っすぐ真摯な瞳を私に向けた。その言葉に嘘はない。お世辞でも社交辞令でもない。心の底から先輩は私の可能性を信じてくれている。他でもない私自身が信じてこられなかった可能性を。

「それに、鈴乃ちゃんは人に誇れるような才能はないって言っていたけど、それは違うと思う。確かに身体能力や技術は重要だよ。でもバレーの才能はなにもそこだけじゃない。鈴乃ちゃんには人をよく見る力がある。それはとっても素敵な才能だよ」

「人をよく見る才能……」

「そうそう。俺と練習する時も俺がやりたいことをすぐに悟って調整してくれるし、練習終わった時に俺がボールの片づけをしてる間にプロテインが底に溜まらないように容器を振ってくれてるでしょ。そういう、周りをよく見て行動できるのは立派な才能だし、チームにひとりいてくれるだけで凄いありがたい存在なんだよ。大丈夫、鈴乃ちゃんは充分バレーに向いてるよ。って、最初に会った時にも似たようなこと言ったね、ごめんごめん」

……そうだ。初めて先輩とこの公園で会った時も、先輩は同じことを言っていた。相手の意図を汲み取る力は重要だって。それに、いつだったか、彩奈ちゃんも私に「人のことをよく見てる」と言ってくれていた。

以前の私はそれを才能ある人たちの無理解から生まれた言葉だと思っていた。素直に受け取ることができず、それどころか捻くれて拗ねてさえいた。

でも、今なら受け取れる。他でもない一ノ瀬先輩の言葉だからこそ受け止める勇気を持てる。

「……先輩」

「うん？」

「私、もう一度頑張ってみます。どこまでいけるかはわかりませんけど、やれるところまで足掻いてみます」

だから、と私は息を吸った。

「だから私に、バレーを教えてください……！」

その言葉を受け、ややあってから先輩は優しく微笑んだ。安堵したような、喜んでいるような、そんな優しい表情。

「もちろん。俺に任せてほしい」

そう言って、先輩は私の頭をわしゃわしゃと撫でてくれた。

……ああ、駄目だ。

そんな顔をされたら、そんな優しさを向けられたら、もう我慢できない。

胸の中で小さく、けれど強く思った。

私は、一ノ瀬先輩のことが好きだ。

第四章　大会に向けて

私のバレーボール復帰を最も喜んだのは、他でもない彩奈ちゃんだった。

「本当に入ってくれるの!?」

土日明けの昼休み、顧問経由で情報を手に入れたであろう彩奈ちゃんが教室に突入してきた。アカリちゃん達とご飯を食べている私の前で息を荒くしている。

「う、うん。もう一回やりたくなっちゃって」

「やった！　私は信じてたよ！　これから一緒に頑張ろうね！」

相変わらず、いや、前以上に凄(すさ)まじい勢いでまくしたててきた。余程嬉(うれ)しいらしい。

ここまで歓迎されると流石に悪い気はしない。

「私こそよろしくね」

「うん！」

彩奈ちゃんが教室を去った後はアカリちゃん達からの質問攻めにあった。

「鈴乃ちゃんバレー部入るの⁉　やっぱり例の先輩の影響⁉」

「あはは、まあ否定できないかな」

「もうそれ絶対人好きじゃん！」

「……そうだよ」

「ついに認めたー！」

三人から一斉に黄色い声が上がった。

「いいねいいね！　どこまで進展してるの⁉」

「この前連絡先交換してね、毎日やり取り続いている……！」

再び黄色い声が上がった。他の生徒達は少しだけ迷惑そうな顔をしていた。ごめん。

そうして少しずつ、ほんの少しずつ私の生活は変わっていった。


部活後、私と先輩は毎日の帰り道を共にするようになった。女バレには先輩を狙っている子が多いため、他の子達とはやや時間をずらして隠密に。

「女バレにはもう慣れた？」

「しばらくは大変そうです。ブランクあるのでどうしても体力が……」

「あはは、最初のうちはそれも仕方ないか」

「でも心の方は元気なので色々教えてください！」

「もちろん。俺が教えられることなら何でも教えるよ」

先輩は様々な知識を私に教えてくれた。バレーに必要な筋肉の名称と鍛え方、細かいところまでいくと普段意識すべき食事内容など、私がこれまでの人生で知りもしなかった情報がそこには詰め込まれていた。

「ありがとうございます！　今日からトレーニング頑張ってみます！」

家の前に着くと同時に揚々と宣言した。頭の中には高く跳べるようになった自分の姿がありありと浮かんでいた。

「頑張って。応援してる」

「はい！」

しかし宣言から僅か二週間後、私は情けなくも音を上げていた。

「つ、続かない……！」

困ったことに、私は三日坊主だった。

決してやる気がないというわけではなく、むしろ満ち溢れていると言っていい。先輩の期待に応えたい気持ちも大きい。それでも、トレーニングを継続させるのは困難を極めていた。

要因は多々あるけれど、一番は女バレの忙しなさだ。部内独特のルール、部員同士

の派閥、雑用、その他諸々。覚えることや意識すべきことが多すぎるあまり、ついつ
いトレーニングが頭の中から抜け落ちてしまう。

ここ最近はずっとそうだ。夕飯前にはスクワットを終えている予定だったのに、女バレのグループトーク内で言い争いが始まったせいですっかりトレーニングのタイミングを逃してしまった。仲裁に入っている間に夕飯の時刻になり、満腹状態でトレーニングをするのは苦しいからと「明日こそやろう」なんて先延ばしにする。翌日も同じように先延ばしするというのに。

一日だけ、たった一日先延ばしにするだけだから。そんな言いわけが連日続くうちに、気が付けば三日坊主のできあがりだ。やる気はあるのに行動に移せない自分がなんだか惨めに思えた。

「私って意志が弱いんですかね……」

ある日の帰宅途中、あまりの惨めさについ一ノ瀬先輩に弱音を吐いた。

真剣に悩む私とは対照的に、先輩は心底愉快そうな様子だった。

「あはは、悩んじるねー」

「笑いごとじゃないですよー。私頑張ります！　なんて啖呵きっておきながらまだ四回くらいしか筋トレできてないんですからね⁉　恥ずかしすぎますって……」

「でも、そこで見栄を張って『トレーニングしてます』って嘘をつかないのが鈴乃ち

ゃんのいいところだよね」

「それはそうかもですけど……。うーん」

三日坊主にならない方法があればいいのに。

ぼそっとそんなことを呟くと、それを聞いていた先輩が「あるよ？」と何食わぬ顔で言った。

「え、あるんですか？」

「あるよ。しかも心理学的にめちゃくちゃ強力なのがある」

「お、教えてください……！」

全力で懇願した。

先輩は「もちろん」と爽やかな笑みで言った後、おもむろに人差し指を立てた。

「三日坊主にならないために意識すべきことは一つだけ。やるタイミングを具体的に決めるんだ」

「具体的に？」

「そう。イフゼンルールと呼ばれている方法でね、『○○したら△△する』といった具体的な自分ルールを作るんだ。たとえば『朝起きたら歯磨きをする』とか『夕飯を食べたら勉強をする』とかね」

「じゃあ私の場合『家に帰ったら筋トレをする』とかですかね？」

「うんうん、そんな感じ」

なるほど、わかりやすい。

しかし、たったそれだけで何かが変わるのだろうか。疑問に思っているのが顔に出ていたのか、先輩は「信じてないでしょ」と苦笑した。

「正直あんまり……」

「でも、実際凄(すご)いんだよこれ。騙(だま)されたと思ってやってみてほしい。何を隠そう、俺も最初は三日坊主だったからね」

「え、そうなんですか⁉」

「そうだよ。イフゼンルールを知るまで筋トレもヒートもなんにも続かなかった」

意外だ。てっきり最初からストイックにあれもこれもと努力しているものとばかり。

「そもそも人間の脳は変化を嫌う習性があるからね。努力って変化するためにやるものでしょ？　だから脳は努力なんて大嫌いなんだよ。三日坊主になるのは意志の力が弱いからじゃなくて、脳がそういう風にできてるだけなんだ」

そして、同じく脳の習性を深掘りし、それを逆手に取った手法が先輩が教えてくれた「イフゼンルール」なのだとか。詳しい原理は私には難しくてよくわからなかったけれど、とりあえず科学的にとてつもなく効果が高いらしいということだけは理解できた。

「まあ実際やってみた方が早いかもだね。とりあえず『家に帰ったら筋トレをする』っていうルールで試してみてほしい。他にもいくつか習慣化のテクニックがあるから興味があったらネットで『習慣化　脳科学』とか『習慣化　方法　科学的』とかで調べてみて」

それから先輩は「文のどこかに『科学』をつけるように」と念を押してきた。なんでも、それをつけないとどこの誰とも知らない人が自己流で考えた確実性のない情報がヒットするらしい。

正しい知識が大事。それが先輩の口癖だった。

「世の中には間違った情報が沢山溢れかえっていて、それに騙されないのが一番大事なんだ。これは体感だけど、中でも美容、ダイエット系はそれが顕著な気がするから女の子は特に注意してほしい」

どうやら先輩はその手の誤った情報を流す人たちを敬遠しているようだった。

「俺さ、頑張ってる人とか、これから頑張ろうとしている人の足を引っ張る行為がどうしても許せないんだ。正しい知識を持っていれば夢を叶えられたはずの人が、間違った情報に騙されたばっかりに夢が叶わなくなるなんてことがザラにあるからね」

頑張っている人は報われるべきで、そしてこれから頑張りたいと思う人には優しい世界であってほしいと、先輩はそう言っていた。

その言葉を聞いて、私は改めて先輩のことが好きだと思った。

外見やバレー部エースの肩書などという飾りの部分ではなく、一ノ瀬隆二という人間の考え方そのものに強く惹かれた。他でもない私自身が、先輩の言う「正しい知識を持っていれば夢を叶えられたはずの人」にあたるのだから。

先輩と出会わなければ私は今もあの五センチを超えられず、それを才能のせいにしたまま、腐ったままの自分でいただろう。

私がもう一度自分を信じられるようになったのは先輩の存在あってこそ。

この人を好きになって良かった。心の底からそう思った。


六月下旬、しとしとと雨が降る梅雨の時季。県大会予選を間近に控えたバレー部には普段以上の熱が入っていた。

先輩から教えてもらったイフゼンルールの効果は絶大で、部内の熱気に負けじと私もこの頃は自主的なトレーニングを継続できるようになっていた。実践期間が短いからまだ目に見えた変化はないけれど。

そんな日の休憩時間、体育館の隅で水分補給をしていると、同じく休憩に入った彩奈ちゃんが小走りで駆け寄ってきた。

「隣いいー？」

「もちろん。一緒に休も」

二人して壁を背にして座っていると、ふと彩奈ちゃんが「そうだ」と何かを思い出したように言った。

「この前は皆の仲裁入ってくれて本当にありがとね！　めっちゃ助かったよ……！　私、入学当初からずっと一年生の派閥争いの板挟みにされてて困ってたんだよね。黒宮さんはどっちの味方なの!?　って」

「あー……最近グループトークも凄かったもんねえ。練習中も無視しあってたし。まあそれは今もだけど……」

言いながら苦笑した。理想は部員全員が信頼関係を構築することだけど、やはり些細なことでも意見の食い違いというのは発生してしまう。中学の頃と同じだ。

「それでも鈴乃ちゃんのおかげでかなりマシになったよ。本当にありがとうね」

「ううん、私はただ間に入っただけだよ」

「それが助かるんだよ！　鈴乃ちゃんって周りのことをしっかり見てるからさ、誰が何を思ってるかとか、そういうのまとめるのすっごく上手だと思う！」

「私、そんなに人のこと見てる？」

一ノ瀬先輩にもそれが私の才能だと言われたし、頭では納得しているものの、私自身、そこに関しては未だに感覚として自覚的になれない。

「めっちゃ見てるでしょうが！」

隣で五百ミリリットルの飲料を飲み干した彩奈ちゃんは私の頭を胸に抱え込むように引き寄せ、ぐりぐりと手の平で頬を圧迫してきた。

「私、去年の大会で鈴乃ちゃんのこと怖かったんだからね!?」

「ど、どういうこと……？」

ひとしきり頬を弄り倒した後、彩奈ちゃんは満足したように私を解放し、それから去年の試合についての恨み節を語り聞かせてきた。

「うちの中学ね、レシーブ上手い人が本当に多かったんだ。レギュラー争いならぬリベロ争いが起きたくらいには。サーブで点取られることなんてほぼなかったし、スパイクだって誰のところに飛んできてもみんなそこそこは拾えてた」

でも、と彩奈ちゃんは私の頬を指で突きながら笑った。

「鈴乃ちゃんのサーブはなんというか、悪質なんだよね。アウトかインかわからないギリギリくらいのところ狙ってきたり、チーム内で唯一レシーブが苦手な人のところばっかりを執拗に狙ったりね。まあそのレシーブ苦手な人が私なんだけども」

「あはは、それはごめんね。超狙ってた」

「こんにゃろ！　しかも私がレシーブ苦手なの情報共有してたでしょ！　途中からほ

とんど私のところにサーブ飛んできてたもん！」
彩奈ちゃんは笑いながらわしゃわしゃと髪の毛をかき乱してきた。
「だからね、試合中ずっと思ってたの！　うわ、この人めっちゃ人のこと観察して
る！　って。ここに飛んできたら嫌だな、こうされたら嫌だなって思うところを的確
に見抜いてくるというか……。最後のワンプレーもブロックに鈴乃ちゃんが跳んだ時
本当に怖かったんだよ。触れられたら負けると思って、とにかく必死で……」
「そんな風に思ってくれてたんだね。でも、怖いって言うなら私も彩奈ちゃんのこと
怖かったよ？　めっちゃスパイク強いんだもん」
「ふふ、じゃあお互いビビりながら試合してたってことだね」
そう言って笑う彩奈ちゃんはとても楽しそうだった。私も同じ気持ちだ。
「私、もう一回バレー始めてよかった」
上手くいかないことも多いし、人間関係を始め、解決すべき課題もまだまだ多い。
それでも、やっぱり私はバレーが大好きなんだ。
一度は失った熱が今はこの手の中にある。それが嬉しくて楽しかった。
仲の良い友達がいて、バレーに打ち込んでいて、好きな人までできた。
私は今、間違いなく青春を謳歌している。
しかし、一方で奇妙な胸騒ぎがあった。

自分でも察しのつかないほど曖昧な、それでいて確かに存在する不安。

それが明白になったのは翌日の部活中の事だった。

隣のコートで練習している男子バレー部の、その中でもひと際異彩を放つ一ノ瀬先輩を目で追っていた私は、そこで初めてこの胸騒ぎの正体に気づいた。

……なんだか最近、先輩の様子がおかしい気がする。

それこそが違和感の正体だった。

様子がおかしいと言っても先輩はいつも通り爆音のスパイクを放つし、私といる時も立ち振る舞いに変化はなく、具体的にどう様子がおかしいのかと問われれば返答に詰まってしまうのだけど、私の直感は確かに先輩の異変を感じ取っていた。

強いて言うなら、焦っているように見える、といったところだろうか。

しばらく観察していると、先輩は練習中にもかかわらず「ごめん、ちょっと外の空気吸ってくる」と言って体育館を出ていった。

普段の先輩なら練習を抜け出してどこかへ行くなどあり得ない。やはり何かがおかしい。男子部員達も異変を感じ取っているらしく、顔を見合わせて訝しそうな表情を浮かべていた。

いてもたってもいられなくなり、私も適当な言いわけを並べて練習を抜け出した。

体育館を出てあたりを見回すと、視界の隅に体育館裏へ向かう先輩の後ろ姿を捉えた。

肌寒い小雨が降っている中、先輩は傘も差さずにそのままふらふらと体育館裏に姿を消してしまった。

どう見ても様子がおかしい。

ひっそりと先輩の後を追いかけ、曲がり角から顔だけを覗(のぞ)かせて様子を窺(うかが)った。そこで私は思わず息を吞(の)んだ。

視線の先では、苦しそうに胸元を押さえながら茂みに嘔吐(おうと)する先輩の姿があった。息を荒らげ、胃の中身をすべて吐き出し、過呼吸気味に何度も何度も浅い呼吸を繰り返している。

一瞬の内に様々な可能性が頭をよぎった。

体調不良、オーバートレーニング、精神的な要因での嘔吐。

しかしどれも確信が持てず、私はただただ先輩の後ろ姿を見ていることしかできなかった。とても声をかけられるような状況ではない。というよりも、声をかけたところで結果は見えていた。

大丈夫だよと、一言そう言われて終わりだ。

私にはわかる。先輩はやたらと人に気を遣う癖に、自分は一切弱みを見せようとしないタイプの人間だ。私が詮索(せんさく)したところでのらりくらりと躱(かわ)されるのは目に見えている。

「あー……」

何度目かの嘔吐を終えた先輩は、そんな呻き声と共に背筋を伸ばした。次いでつま先がこちらに向き、練習に戻るのだと察知した私は咄嗟に顔を引っ込め、足音を殺しつつも急ぎ足で体育館に戻った。

館内に入った私はそこで足を止めた。何も見ていないフリをして先輩と話し、先輩の様子から間接的にでも事情を読み取ろうという魂胆だった。

靴を履き替える素振りのまま動きを止め、程なくして先輩が戻ってくると私はさも偶然そこで出会ったかのような態度で「あ、先輩！」となるべくいつも通りの口調で言った。

「おお、鈴乃ちゃんだ。練習頑張ってる？」

予想通り先輩もまた普段と同じ態度だった。とてもつい数十秒前まで吐いていた人とは思えない様子に、かえって心配になった。

「超頑張ってますよ！　先輩達は厳しいですけど……」

「はは、隣のコートまで怒号が聞こえてくるよ。大変そうだね」

「でも楽しいです！」

「それはよかった。俺も負けてられないね」

流暢に交わされる会話。それが不気味だった。

最初は単なる体調不良の可能性を考えいていた。けれど、これは違う。確信があった。先輩が何かを隠しているという確信が。

そもそも、効率を重視する先輩が体調管理を怠るとも、仮に怠ったとしてもそれを隠すとも思えない。調子が悪いなら素直に体を労わるはず。私が知る先輩はそういう人だ。

「そういえば先輩、どこ行ってたんですか？」

躱されるのを承知で軽く探りを入れることにした。

「ちょっと飲み物買いに出てたんだ」

「飲み物を持ってるようには見えませんけど……」

「ああ、雨が降ってたから傘を取りに戻ってきただけだよ」

「そうですか」

「どうしたの？」

探りを入れるはずが、逆に先輩が怪訝な顔をした。

内心慌てつつ「なんでもないですよ」となんとかしらをきり通す。私は先輩と違って器用ではないからこのまま話しているといずれボロが出るかもしれない。

「私そろそろ練習戻りますね！」

そう言って、私は怒号の飛び交うコートに逃げ戻った。

その日以来、私は先輩の動向をしきりに気にかけるようになった。

練習中もそれ以外も、先輩が視界に入っている間は常に彼の言動一つ一つに注意を払っていた。

先輩が抱え込んでいるのは果たして何か。それだけが気がかりだった。

そうしている間にも時間は流れ、あっという間に県大会予選当日を迎えた。

私達の区域はお世辞にも都会とは言えず、予選は男女共に四校ずつの参加となっている。勝敗にかかわらず試合に出た時点でベスト四が確定するという、なんとも優しい地区だ。

とはいえどの学校の選手も表情は引き締まっており、バレーボールに対する並々ならぬ熱意が感じられる。

「彩奈ちゃん、頑張ってね」

試合前、緊張気味の彩奈ちゃんの肩に手を置いた。

今日の私の役割がそれだった。選手の鼓舞とドリンクやタオルの用意。平たく言えば雑用だ。マネージャーでもない私は本来なら二階の席から応援するだけで良かったのだけど、雑用係は男子バレー部も受け持てるとのことだったので自ら立候補した。

「鈴乃ちゃん……ありがとう……！」

一年生でいきなりレギュラーに抜擢(ばってき)されたからか、彩奈ちゃんの表情はいつになく硬かった。もちろん、他の部員達も多かれ少なかれ緊張に呑まれている。

至る所から物音や話し声がするのに、どうしてか静けさを感じる。試合前の独特な緊張感。懐かしい感覚だった。

この地区の大会ルールは四校による総当たり戦。勝利数が最も多いチームのみが県大会へ駒を進められる。勝利数が同数の場合は得失点差で判断されるため、ただ勝利するだけでなく、できるだけ点差を広げておく必要もある。

人数分のタオルとドリンクをベンチ際に置くと、私は真後ろの防球ネットをくぐってすぐ目の前の男子バレー部に向かった。

「先輩、調子はどうですか？」

「ばっちりだよ。全勝するから見てて」

先輩は余裕綽々(しゃくしゃく)といった様子で笑った。

その笑顔を見て密(ひそ)かに安堵(あんど)した。今日の先輩は私が知っているいつも通りの先輩だ。顔色も悪くないし、リラックスしているように見える。少なくともまた嘔吐する気配はどこにもない。

こうして話しているとすべては私の勘違いで、あの時の嘔吐は本当にただの体調不良だったのではないかと思えてくるくらいだ。いやむしろ、その可能性の方が高いような気すらしてくる。

なにはともあれ、雑用係に志願したのは正解だった。こうして間近で先輩を見守ることができるのだから。

心配もさることながら、私は純粋に先輩の活躍をすぐ目の前で見ていたかった。

程なくして両コートで第一試合が始まった。あくまで女子バレー部ということもあり私は再び防球ネットをくぐって女バレ側のベンチに座ったけれど、少し首を傾ければいつでも男子バレー部の試合も見ることのできる絶好のポジションにいた。

一ノ瀬先輩の活躍に会場がざわめいたのは、試合開始から五分と経たない頃だった。

「……あの四番やばくね？」

二階にいる他校の男子生徒達が一ノ瀬先輩を指さしながらそう口にした。

彼らの反応も無理はない。先輩は相手ブロック二枚を正面から打ち抜いて豪快なスパイクを決めたのだから。それも、ボールが打ちつけられる振動がベンチに伝わってくる程の威力。

サーブ権を獲得し、スパイクを決めたばかりの先輩がすぐさまサーブの構えに入った。

先輩のサーブはまさに破壊的な威力だった。

以前私に放ったジャンプフローターサーブはあれでも随分と手加減されていたのだと先輩の殺人サーブを見て初めて理解した。

大砲さながらの勢いで飛んでくるサーブを捕球できるはずもなく、あっという間に得点板に一点が加算された。サーブ権は引き続き先輩の手にある。

そこからはあまりにも一方的な試合だった。

相手チームは先輩のサーブを拾うことすらままならず、運良く拾えたとしても到底まともな攻撃には繋げられず、甘い球を返したが最後、先輩のスパイクで無慈悲に蹴散らされる。

一セット目のスコアは六対二十五。相手チームの心を折るには充分な点差だった。

「ぐ、グロい……」

二階の男子生徒がそう呟いていたのが耳に入った。私もそう思う。対戦相手に同情してしまいそうだ。

しかし、これが先輩の言う正しい努力の結果なのだろう。

先輩と出会った当初、私から見た彼は紛れもなく天才そのものだった。けれど先輩とかかわり、彼の豊富な知識に触れていくにつれその考えは変わった。

今の私なら断言できる。一ノ瀬先輩ほど努力で実力を手にした人はいない。

たとえば、筋力ひとつ取っても先輩は正しい知識を基にトレーニングを行っている。部活動や体育の授業でやらされるような「とりあえず腕立て伏せ五十回」などといった精神論的トレーニングではなく、科学的に判明している最適なセット数、頻度、強度、そして食事内容から睡眠の質に至るまでを徹底的に管理し、ストイックに自分を追い込んでいる。

果たして部活動に励む高校生でそこまで意識して鍛えている人がどれだけいるだろうか。解剖学や三大栄養素と筋力の関係性を理解し、科学的にアプローチをしている人がどれだけいるだろうか。少なくとも、先輩に出会うまでの私はしていなかったし、周りを見渡してもそこまで徹底しているのは先輩しかいない。

そうした努力の積み重ねを間近で見た私だからこそわかる。

先輩のスパイクや跳躍力が並外れているのは、断じて先輩が天才だからではない。

一ノ瀬先輩は努力の人だ。


地区予選一試合目、先輩のチームは圧倒的なスコア差で勝利を収めた。

程なくして女子バレー部も勝ち星をあげた。圧勝とまではいかなかったものの、一切の不満のない胸を張れる試合内容での勝利だった。

「先輩お疲れ様です！」

控室のベンチに座る一ノ瀬先輩にタオルを手渡すと、先輩は「ん、ありがと」と爽やかな笑顔で受け取ってくれた。他の部員達にもタオルと飲み物を手渡し、それが終わるとすぐさま女子バレー部の控室に向かった。

一戦目の勝利で自信を付けたらしく、彩奈ちゃんの表情から硬さが無くなっていた。

「次も勝てそう？」

「うん、この調子ならいけると思う！　私の活躍見てたでしょ！」

得意げに胸を張る彩奈ちゃん。私は心の中でそっと謝罪した。

ごめん、先輩のことしか見てなかった！

「その反応……！　さては見てなかったな!?」

無理やり私の頭を抱き寄せ、拳骨（げんこつ）でぐりぐりと頬をこすってきた。

「バレた！」

「バレバレだよ！　次はちゃんと見ててよ！」

すっかり緊張感のなくなった私達はしばらくの間じゃれあって遊んでいた。けれどお手洗いから戻ってきた部長に「遊ぶなら帰ってもらえる？」と叱られ、二人して捨てられた子犬のように落ち込んだ。

一ノ瀬先輩から連絡が来たのはちょうどそんな時だった。

【鈴乃ちゃんごめん、どこかで俺のプロテインとサプリメント類見なかった？】

部長の目を盗んでひっそりと返信を書いた。

【すみません、見てないです……！　手元にないんですか？】

【ない……！　もしかしたら鈴乃ちゃんが管理してくれてるのかなって思ってたんだ

けど、鈴乃ちゃんの手元にもないなら普通に俺が家に忘れてるっぽいね……。うっかりうっかり】

うっかりって、そんな呑気な。

【次の試合までまだ一時間くらいありますよね？　私なんとか調達してきますよ！　コンビニとかに売ってますかね？】

【プロテインは売ってるけど、クレアチンとかＥＡＡは売ってないと思う】

うーん、と唸った。私としては先輩には心身ともに万全の状態で臨んでほしい。何か手だてはないものか。考えていた私の元に先輩から追加のメッセージが送られてきた。

【面倒かけて本当にごめんだけど、家の鍵渡すからコンビニの代わりにうちまで取りにいってほしい……！　プロテインも飲み物に溶かしたサプリ類も多分冷蔵庫に入ってるはず。後日必ずお礼するから今日だけお願いしたい……！】

【いいですよ！　でも勝手にあがっちゃっても大丈夫なんですか？】

【全然いいよ。鈴乃ちゃんのこと信頼してるし】

先輩はずるい人だ。信頼しているなんて言われたらもっと役に立ちたくなるに決まっている。私は【任せてください！】と控室を飛び出し、鍵を受け取るとすぐに先輩の家へ向かった。

会場は徒歩圏内に位置していたこともあり、先輩の家に辿り着くまでに要した時間は二十分となかった。

「ほ、本当に入っていいんだよね……？」

初めて先輩の家に上がるというのに、当の先輩がいないせいで泥棒になったような気分を味わっていた。しかしいつまでも時間を浪費するわけにもいかない。何度か呼吸を整えてから、意を決して鍵を差し込んだ。

玄関に入ってすぐに廊下があり、奥にはリビングと思しき部屋の扉がある。両親が共働きらしく、ぱっと見たところ人の気配はなかった。

「……お邪魔します」

靴を脱いでリビングへと向かう。途中通りかかった部屋の前には「隆二」と書かれたネームプレートが下げられており、つい中が気になったけれど、鉄の意志をもって誘惑を断ち切った。

リビングからキッチンに入り冷蔵庫を開くと先輩が言っていた通りシェイカーに入ったプロテインとスポーツドリンクが寂しそうに凍えていた。

【先輩、例のブツがありました！】

念のため手元のスマホで連絡をする。すぐに【よし、でかした！　取引現場にて待つ」とノリノリのメッセージが返ってきた。

さっさと戻ろう。人の家の冷蔵庫から物を取り出すなんて本当に盗人みたいだ。そう思って踵を返そうとした瞬間、ふいにリビングの電気が点いた。「兄ちゃん？　もう帰ったの？」そんな声と共に。

心臓が破裂するかと思った。

「び、びっくりした……」

驚いて振り返った先には、私と同じくらいの背丈の男の子が怪訝な顔つきで私を睨んでいた。しかしどちらかと言えばびっくりしているのは彼の方だろうと、明らかに私を不審がる表情を見てすぐに冷静さを取り戻した。

この子が先輩の弟さんだろう。確か中学一年生だったか。

ぱっと見の印象を一言で表すなら、中性的で可愛い。それに尽きる。肌は白く、手足も男の子とは思えないくらい細い。まるでモデルのようなスタイルだった。

「えっと、達也くん……だよね？　急にごめんね、私お兄ちゃんの後輩で、飲み物取ってきてって頼まれて来てたの。決して怪しい者じゃないよ！」

ひとしきり事情を説明した。なんとか納得してくれたようで、達也君の眉間に寄っていたしわは次第に解かれていった。

「達也君はお兄ちゃんの試合見に行かないの？」

ただ用事を済ませて帰るのも気まずいので当たり障りのなさそうな疑問を口にした。あわよくば仲良くなりたいという気持ちもあった。

達也君は何かを喋ろうともごもごと口を動かし、しかしなかなか言葉がまとまらないようで、しばらくの間リビングの入口でぼうっと立っていた。恥ずかしがっているのだろうか。

その様子を見て、つい可愛いなと思ってしまった。

「ごめんね、恥ずかしかったらゆっくりでいいからね」

少しお姉さん風を吹かせてみた。怖がらせないよう優しい笑顔を心がけて。

実のところ、私は年下の男の子が結構好きだった。恋愛対象という意味でなく、純粋に可愛いものを愛でる感覚。

果たして達也君はどんな子なんだろう。先輩に似て優しい子に違いない。なにせ先輩にブラコンだと公言させるほどの子なのだから、さぞ良い子なのだろう。

などと勝手な憶測をしていた頃、私の耳に声変わり前の高い声が届いた。

「あの、雑談とかいいから、用が済んだなら早く帰ってくれない？」

……うん？

私は笑顔のまま凍りついた。耳を疑った。

「えっと、ごめんね。もう一回言ってもらえるかな？」

「早く帰って」

可愛い顔からとんでもなく可愛くない言葉が飛び出してきた。

理解が及ばず固まっていると、段々と達也君の表情が不機嫌そうに歪んでいった。

「あー……。そ、そういう感じの子ね、おっけーおっけー……」

自分を落ち着かせるための掠れた独り言。もちろん、何一つおっけーではない。

先輩から聞いていた達也君の人物像から随分と乖離している気がするのは私の勘違いだろうか。優しさの欠片もないのだけど。

「あはは、そんな酷いこと言われると傷ついちゃうなあ。そうだ、お兄ちゃんの試合一緒に見に行こうよ、お兄ちゃん大活躍してるよ！」

「別に興味ない」

「あ、あはは……」

駄目だ、会話が続かない。心が折れそうだった。

「達也くんもバレーしてたんじゃないの？」

「だから何」

「もうバレー嫌いになっちゃった？」

「関係ないでしょお姉ちゃんには」

私はそこで再び凍りついた。今度は先程とは違う意味で。

……ん？　お姉ちゃん？

折れる寸前だった心がその一言で復活した。

「待って、今お姉ちゃんって言った？」

「は？　だって名前知らないし」

「いやほら、もっと色々あるでしょ？　お前とか、あんたとか、そういう雑な呼び方」

達也君は数秒程考え込んだ後、小声で「……確かに」と呟いた。

え、何この子。超可愛い。

どう見ても捻くれてはいるけれど、捻くれ方にどこか可愛げがあるというか、元の純粋さが抜けきっていないように見えた。

「達也君、バレーは嫌い？」

「お前には関係ない」

「わあ、律儀にお前呼びになってる」

一度可愛いと思ってしまってからの私は呑気だった。

そういえば、幼い頃の私が「パパきらーい！」と言い放った時のお父さんもどこか楽しそうな顔をしていたっけ。あれはきっと、今の私と同じ心境だったんだ。

「煽ってる？」

「ううん、可愛いなーと思って」

「だまれ」

「おお、ストレートだねえ」

私と話していても埒があかないと判断したのか、達也君はやがて諦めたようにひと際大きなため息をつき「バレーなんてもうやらないから」とだけ言って自室に戻っていった。

なんだかんだ質問に答えてくれるあたり、やっぱり良い子なのだと微笑ましくなった。

とはいえ、楽観視ばかりはしていられない。

たった数十秒の邂逅ながら、気になる点が幾つもあった。

ひとつは肌の白さだ。ポジティブに捉えれば美しいけれど、ネガティブに捉えれば不健康だ。加えて病的なまでの手足の細さ。バレーをやめた件といい、あの捻くれた態度といい、達也君が何かしらの問題を抱えているのは明白だった。

もしかすると、ここ最近の先輩の様子がおかしいことと関係があるかもしれない。

いや、そうに違いない。根拠はないながらも、そんな確信があった。

試合会場に戻った私は急ぎ足で先輩の元へ向かった。

コート際のベンチでサポーターの準備をしている先輩に「これ、例のブツです」とドリンク類を渡し、ここまで走ってきたせいで微(かす)かに荒くなっていた息を整えた。

「ありがとう、助かった！」

「いえ！　お安い御用です！」

　達也君の話はしなかった。試合を間近に控えた先輩の表情は引き締まっていて、今ここでその話をするのはせっかくの集中を乱しかねないと判断した。

　タオルやドリンク類の準備で慌ただしく右往左往している間に第二試合が始まった。

　ここでも先輩は圧倒的だった。二階の観客席からはまたも「グロい……」と先輩を恐れる声がして、私は無言で頷(うなず)いた。

　第二試合も難なく勝利を収め、いよいよ残すところあと一試合。女バレも無事に勝ち進み、男女共に順調に駒を進めていた。

　女バレは得失点数的にまだ不確定だったけれど、この時点で男子バレー部の方は既に県大会への進出が確定していた。そのせいか、先輩以外の部員の大半が肩の力を抜き、ただの消化試合として最終戦に臨もうとしていた。

「……先輩、いいんですか？　勝ちが確定してるからって皆こんなに呑気で……」

　ウォームアップ中の先輩にこっそり耳打ちをすると、先輩は難しそうな、困ったような顔をしていた。

「俺としては良くはないんだけど、やる気は他人に強制できるものじゃないからね。

俺だけでも真剣にやるよ」

「……そうですよね」

皆が皆、先輩と同じ熱量でバレーに臨んでいるわけではない。先輩のように本気で全国を目指している部員もいれば、遊び半分で打ち込んでいる人、県大会に行くだけで満足という部員もいる。

意識の違い。チームスポーツの難しい側面の一つだ。特に先輩はチーム内唯一の二年生で、いくらエースと言えど先輩相手に強気な発言はできないのだろう。

でも、それでいいのだろうか。

バレーは六人でやるスポーツだ。先輩一人がどれだけ卓越した技術を有していようと、チームが嚙み合わなければ勝つことはできない。

一人ではなく全員が補い合う、それが私の好きなバレーボールという競技だ。

私が周りを見るのは、きっと他でもない私自身がそう思っているからだろう。自分だけでは駄目で、だからこそ皆が気持ち良く戦えるように声をかける。中学時代、理不尽な上下関係を撤廃したのも同じだ。

確かに、先輩はサーブもレシーブもスパイクも、すべてを高いレベルでこなすことができる。どれをとっても高校生のレベルを超越しているとも思う。

しかし、私の日にはそれが、どうしても先輩が自分ひとりだけで戦っているように見えて仕方がなかった。

　それを裏づけるように、最終試合は勝利こそしたものの、直近二試合ほど圧倒的な結果ではなかった。先輩以外の選手の士気が試合内容に反映されているのは傍目にも歴然で、試合後の帰路、先輩はとても勝者とは思えない暗い顔をしていた。

　一方の女子バレー部は二勝一敗で同率一位ながら、得失点差によって惜しくも県大会への出場には至らなかった。総合的な戦績だけで言えば決して恥ずかしくはない結果ではあるものの、男女共に手放しでは喜べない。そんな成績だった。

「そういえば、さっき達也くんに会いましたよ」

　そんな状況にもかかわらず、いや、そんな状況だからこそ私は達也君との一件を話すことにした。

「あー……。出くわしちゃったか……」

　ごめんね、と先輩は気まずそうに言った。

「何がですか？」

「色々不快なこと言われたでしょ？」

「不快とは感じませんでしたけど、確かに当たりはきつかったですね。でも可愛かったですよ」

　深刻さを感じさせないよう半笑いで答えると、先輩は珍しくため息をついた。

「ごめん」

「全然大丈夫です。もしかしていつもああいう様子なんですか？」

「……まぁ、そうだね」

「ここ最近先輩が悩んでるのも達也くんが関係してるんですか？」

ほんの数秒、会話に空白が生まれた。私への対応を思案しているのは明らかで、生まれた空白を埋めるべく発された先輩の声は不自然なまでに淡々としていた。

「別に何も悩んでないよ」

どう考えても嘘だとわかる一言。先輩自身もそれを自覚しているようなわざとらしい淡白さがその言葉には含まれていた。

それは線引きだった。ここから先には踏み込んでくるなという、先輩が定めた一線。あくまで直接的な言葉にはせず、あくまでも私に悟らせる形で、先輩はこれ以上の詮索（せんさく）はやめるよう私に求めていた。それを裏付けるように、先輩は「今日は忙しそうだったね」とまったく別の話題を持ち出してきた。

「……いやあ、思ったより大変でしたよ～」

それ以上は踏み込めなかった。

私は先輩が悩みを打ち明けるに値する人間ではなかったのだろうか。

いいや、違う。

少なくとも私のことを信頼してくれているのは間違いないはず。そうでなければ家の鍵を渡すはずがない。

先輩は優しい人だ、私がめげずに問い詰めれば最終的には事情を話してくれるだろう。しかしそれを許さなかったのは、私を信頼していないのではなく、他の理由があるからだ。二人の関係性が変わることを危惧しているだとか、私を巻き込みたくないだとか、そういった理由が。いずれにしても先輩が口を閉ざすのは不信感などではなく、多かれ少なかれ私のことを考慮した結果なのは疑いようもない。となれば、私としてはその配慮を踏みにじるわけにはいかない。

私だって、先輩との関係が崩れるのは恐ろしいのだから。

七月末の県大会本選まで三週間を切った。

あの予選の日以来、私達の間には「達也君の件で詮索をしない」という暗黙の了解ができており、たとえ世間話程度であったとしても先輩が達也君の話題を持ち出してくることはなかった。

もっとも、それ以外に大きな変化はなく、私達は相変わらずいつもの公園で軽口を言い合いながら良好な関係でバレーを続けていた。

「よし、いつものアレ始めようか」

「今日は負けませんよ！」

私達の間には「いつものアレ」で通じる遊びが生まれていた。互いにギリギリ拾えるかどうかの際どい球を出し、先に五本レシーブをミスした方の負けというシンプルなゲームだった。球出し側がギリギリを攻めるのがこのゲームの面白い所で、たとえば明らかにレシーブ不可能な球を出せば出した側がミス扱いとなる。かといって優しいコースで打てばあっさりと拾われる。球出し側にもレシーブ側にも集中力が求められる良い練習方法だ。

「んじゃ、まずは俺が球出し側で。五本打ったら交代にしよう」

「おっけーです！」

私達の戦いは熾烈を極めた。

先輩は多種多様な技術を用いて攻めてきたけれど、日頃から先輩の相手をして目が慣れていた私は苦戦しつつもミスなくボールを拾うことができた。

一方の私の武器はコントロール精度だった。先輩の身体能力と反応速度を基準に、先輩がかろうじし届かないだろう位置に球を出す。しかし先輩の身体能力は底が見えず、大抵はレシーブが成立する。かといって攻めすぎた場所に出せばルール上私のミス扱いとなるため、加減は非常に困難。この遊びはそうした相手の能力や特徴を見定める観察力が培われる。

「あ、お母さんから連絡きました」

「じゃあ今日はこのへんにしとこうか」

「はい！」

練習を終えた私達は並んで帰路に就いた。

すっかり日が延びた七月頭。以前は薄暗かった夕飯時の空も、今は赤らむ気配さえない。夏にさしかかったこともあって気温は高く、汗に濡れた服が肌に張りつく感覚がなんとも不快だった。もう数週間もすれば蟬が鳴き始める頃だろう。

「先輩は夏って好きですか？」

「暑がりだから苦手かなぁ」

そう語る先輩の頰には汗が伝っていた。肩が触れそうな至近距離。しかし汗臭さは微塵も感じられず、それどころか滴る雫は爽やかですらあった。

「私も夏は虫が多いので苦手です。早く秋になってほしいです」

「秋かぁ。俺は冬がいいな」

「暑くないからですか？」

「はは、正解。よくわかったね」

家までの数分をそんな会話に費やした。特別面白くもない普通の会話。それでも、相手が先輩だから、その平凡なやり取りですらたまらなく心を刺激した。

ああ、好きだなぁ。

ずっとこのまま、何事もないままの日々が続いてほしい。手を繋ぎたいだとか、恋人になりたいだとか、そんな贅沢は言わない。ただ先輩との日々が平和であってほしい。それだけが今の私の願い。

けれど私は知っている。先輩が私に何かを隠していることを。その秘め事が私達の関係を破壊しかねないものだということを。

だから私は先輩が定めた「ここから先へは踏み込んではならない」という一線を越えない。越える勇気もない。

今も、そしてこれから先も私はただひたすらに何も知らないフリをする。そのつもりだった。ある種の決意のようなものがそこにはあった。

しかし、私の決意が崩壊するのにそう時間はかからなかった。

ある部活の日のことだった。

「ちょっと外の空気吸ってくる」

そう言って先輩が体育館を抜け出す姿を目撃した私の脳内にはいつかの記憶が濁流のごとく押し寄せていた。

たまらず後を追いかけた私は、またしても体育館裏で嘔吐する先輩を目にした。そして、同様のことが翌日にも起こった。

先輩の顔色は日を追うごとに悪くなっていた。

明らかに尋常ではない。先輩には何かがある。詮索しないよう抑え込んでいた意志の力が弱まっていくのを感じた。口を開けばすぐにでも「どうしたんですか」と問い詰めてしまいそうだった。いや、むしろ問い詰めた方がいいのかもしれない。

ただの体調不良だろうと、あるいは精神的な問題だろうと、もはや見過ごすわけにはいかないように思えた。

その判断を後押しするかのように、七月二週目のとある部活の日、決定的な出来事が起こった。

――一ノ瀬先輩が、病院に運ばれた。

第五章　絶望と約束

酷く不愉快な夢を見た。手足が引きちぎれ、自らの意思では身動きがとれなくなる、そんな悪夢。

夢の中で俺は叫んでいた。助けてくれ、誰か来てくれ、と。

ふと、ちぎれてなくなったはずの手を誰かに握られる感覚が生じた。俺はその感覚に縋りついた。自分を引き上げてくれるような、優しい感覚だったから。

そうして目を覚ました俺の目の前には鈴乃ちゃんがいて、可愛らしいその頬には似合わない涙が流れていた。

状況を呑み込むべく視線を彷徨わせる。幸いにも頭がはっきりとしていたおかげでここが病院の個室であることはすぐに理解できた。同時に自分がここで横になっている理由にも察しがついた。大方、過度な練習が原因の過労だろう。

「そっか、倒れちゃったんだっけ、俺」

その言葉に返答はない。

彼女はじっと俺を見つめながらただ静かに涙を流している。夢での感覚に追随するよう視線を下に落とすと、彼女の両手が点滴に繋がれた俺の右手を包み込んでいて、俺をあの悪夢から救い出してくれたのは鈴乃ちゃんだったのだと悟った。

「ごめん」

随分と心配をかけてしまったらしい。心苦しさが胸を満たした。

「……先輩、一つ訊いてもいいですか」

何を訊かれるかはおおよその察しがついている。体育館裏の茂みで嘔吐する俺を陰で見ていたことも、ここ最近しきりに俺の調子を気にかけてくれていたのも、俺はすべて知っている。知っていたうえで、踏み込まれないよう何も知らないフリを通していたのだから。

しかしそれも今この瞬間で終わりだ。倒れてしまったとあってはもはや言い逃れもできない。

「……いいよ」

観念して頷いた。

「先輩は、何を隠しているんですか？」

その問いを受け、小さく息をつく。

これを話してしまえば、もう今まで通りの関係ではいられなくなるかもしれない。今まで通りの距離にいてくれなくなるかもしれない。

頭の片隅に不安を留めながらも、さて、どこから話したものかと思考を整理する。

そうして口にしたのは「決して命にかかわるようなものではないんだけど」という前置き、そして短く端的な、俺の現状だった。

「病気なんだ、俺」

――カタボリック症候群。

それは世界でもまだ数十例しか確認されていない難病だった。

難病と言っても症状はそう複雑なものではなく、一言で言い表せるほどにシンプルかつ、絶望的なものだ。手足の筋肉が徐々に減少していく、ただそれだけ。

初めは日常生活に何ら支障をきたさない軽度の筋繊維の分解から始まり、やがて腕力や握力の明確な低下や筋持久力の低下が見られ、最後にはペンを持つことすらできなくなる。それが俺の身を蝕む病魔の全貌。

「……治るんですか、その病気」

鈴乃ちゃんの表情は想像以上に深刻で、露骨なまでに不安を表に出していた。

「治らないよ」

端的に、ただ事実だけを述べた。

症例が極端に少ないため発症のメカニズムが未だ解明されておらず、現段階では有効な治療方法も確立されていない。せいぜい進行を遅らせるのが関の山だ。

「ほら、俺が飲んでるサプリあるでしょ。プロテインとかEAAとか色々。あれが症状の進行を遅らせるための処置なんだ」

カタボリック症候群は進行性の病。そのため症状の軽い発症初期の段階ではトレーニングやサプリメント等、適切な対処法を行うことで病による筋肉分解作用をトレーニングによる筋肉合成作用が上回り、結果として筋肉の増量が可能となっている。

しかしそれも発症後数年以内の僅かな期間のみ。じきにトレーニングによる筋肥大を病による筋分解が上回り、そこからは減少の一途を辿ることになる。

そして俺の体にはもう筋力向上の余地はない。ここからは下がっていく一方だ。それも、加速度的に。

一年後の俺にはもはやエースを名乗れる脚力はないだろう。二年後には満足にバレーが出来るかさえ疑わしい段階にまで身体能力が落ち込み、三年後には日常生活もままならず、四年後には自らの足で立てなくなるだろう。そして最後には自身の指でスマートフォンを操作することすらできない体になる。

「……焦ってるんだ。来年の今頃はもう、レギュラーになれるかすらわからないし、なれたとしても今のようなパフォーマンスで試合はできない。今年勝てなきゃ来年も勝てないんだ」

「それで吐くほど根詰めて練習してたんですね……」

鈴乃ちゃんはどこか納得したような、それでいて疑問が残る様子だった。

「でも先輩らしくないですよ。きつい時は休んだ方がずっと効率的ですし、これから暑くなっていくんですから体調管理にだって一層気をつけなきゃじゃないですか。私なんかに言われなくても先輩ならわかってるはずです」

「そうだね……」

「見ていて心配になるんです……。お願いだから、きつい時は休んでください。もっと周りを、私を頼ってください」

鈴乃ちゃんの目元には今にも溢れそうな程の大粒の涙が溜まっていた。

気持ちは嬉しい。応えたいとも思う。

しかし、俺にはどうしても休むわけにはいかない理由がある。

すべてを話そう。この子は、この子ならすべてを知った上でそれでも傍にいてくれるかもしれない。

仰向けのまま大井の染みをぼんやりと眺め、そっと口を開いた。

「少し、昔の話をさせてほしい」

どこにでもいる兄弟の人生が狂うまでの話。俺がバレーに執着するまでの話を。

＊

昔から俺と達也は何をするにも一緒だった。

共働きで家を空けている時間の多い両親に代わって達也の面倒を見ることが俺の義務であり誉れでもあった。

時折仕事終わりの父が「すまない、隆二ばかりに苦労をかけてしまって」と申し訳なさそうに言ってきたけれど、俺は達也の世話を苦労だと思ったことはただの一度としてない。

俺にとって達也は可愛い可愛い自慢の弟で、達也の世話をするのは苦労どころかご褒美だったとすら言える。達也は達也で俺のことを「兄ちゃんはすごいね！」と何かにつけて尊敬してくれて、傍目にも兄弟仲は良好だった。

俺が小学校の宿題をやっていると達也はいつも俺の横に座って「ぼくもやる！」なんて息まいて、解き方を教えてあげると目を輝かせて「さすが兄ちゃん！」と笑うのだから、そりゃあ可愛いと思うに決まっている。

だからこそ、俺は達也が憧れる理想の兄でい続けようと思った。

「兄ちゃん公園いこ！」

達也がそう口にすれば俺は喜んで達也の手を引いたし、達也が熱を出せばすぐに食べやすいゼリーや果物を買いにスーパーへ向かった。

己惚れかもしれないけれど、俺はそれなりに理想的なお兄ちゃんだったと思う。

そんな俺達がバレーボールを始めたのは俺が小学三年生の頃だった。きっかけはなんてことはない、体育の授業で少しだけ触れたバレーが楽しかったから。ただそれだけ。

俺がバレークラブに通いたいと両親に相談をすると、いつものように達也が「ぼくも！」と言ってきて、顔を見合わせた両親は微笑みながら「じゃあ近くのスポーツクラブにいこっか」と俺達の頭を撫でてくれた。それが俺達の原点だった。

バレークラブは想像以上に居心地の良い場所だった。指導者もクラブの友達も皆が俺達を歓迎してくれた。それがますます俺達をバレーに熱中させた。

「決めたよ達也。兄ちゃん中学生になったらバレー部でエースになって全国いく！高校でも全国いく！」

「じゃあぼくもいく！　兄ちゃんと同じ学校はいる！」

「達也が入る頃には兄ちゃん卒業してるよ？」

「いいの！　いくの！」

「じゃあ約束だね。兄ちゃんが先に全国いくから、四年後に達也も全国だ」

「うん！」

達也は「んっ」と小指を差し出してきた。俺は達也の頭をぽんぽんと優しく叩き、それから小指を結んで固い約束を交わした。ただでさえバレーに熱中していた俺達は約束を機により真剣に、より楽しむようになった。

いつからか、俺と達也の会話のほとんどはバレーに関する話題になっていた。

「兄ちゃんはやっぱりすごい。ぼくまださーぶとどかないのに」

「はは、兄ちゃんは達也より体がおっきくて力が強いからだよ」

「じゃあぼくも兄ちゃんくらいおっきくなったらとどくようになる？」

「届く届く！　達也は俺の弟なんだから！」

「やった！　がんばる！」

「それでこそ俺の弟だ！」

わしゃわしゃと達也の頭を撫でまわすと、達也は「ふふん」と嬉しそうに鼻を鳴らした。

年齢が離れていることもあって俺達が同じコートで試合をすることはなかったけれど、俺も達也も日々研鑽を積み、そうしている内に俺は中学校に進学した。

当然、入学後はすぐにバレーボール部に入部した。長らくバレーをやっていたこともあり、ユニフォームを貰えるまでにそう時間はかからなかった。中学一年の夏休みが明ける頃には二年生の大半を押し退けて控えとしてベンチ入りも果たした。

人生で初めての彼女ができたのもちょうどその頃だ。

「私、隆二君のことが好き……！」

そう言って告白してくれたのは同じバレークラブに通っていた女の子だった。

部活は順調、兄弟仲も変わらず好調。唯一学業だけがあまり褒められた成績ではなかったものの、総合的に見れば俺はかなり幸せな中学時代を送っていた。

「兄ちゃん、ぼく今度の試合スタメンで出られることになったよ！」

中学二年の夏、達也が喜々として報告してきた。我が弟のことながら鼻が高かった。

どうやら達也は俺よりもバレーのセンスがあるようで、しかし俺は俺で次期バレー部のキャプテンに任命されていたこともあり「兄ちゃんだって今度キャプテンになるんだぜ！」と対抗意識を燃やしていた。

「おおっ！　兄ちゃんはさすがだね！」

今度は達也が鼻を高くしていた。

「そうだ、二人の昇格？　記念に写真撮って母さんたちに送ろうぜ」

「おくる!!」

各々がボールを胸に抱え、携帯のカメラを使って写真を撮影した。俺も達也も満面の笑みだった。すぐに母さんと父さんにメールで送信し、それから俺は「待ち受けにしとく！」と言っていつも通り達也の頭を撫でまわした。

あの頃の俺は心の底から人生を楽しんでいて、そしてずっとそんな日々が続くのだと思っていた。

しかし、終わりは突然訪れた。

中学最後の大会、スタミナ不足が原因で惜しくも悔し涙を流した俺は、とあるきっかけで受けた医療検査により、追い打ちをかけられるように「これは、カタボリック症候群ですね……」と医者から告げられた。

それは手足の筋肉が徐々に失われていく病だった。

思い返せば兆候はあった。試合でのスタミナ切れがそうだ。あれは筋持久力の低下が招いた敗北に他ならない。

病気が判明した頃には初期症状の範疇ながらも既に病気は進行していて、四十キロ半ばあった握力は五キロ近く落ち込んでいた。もちろん低下していたのは握力だけでなく、中でも顕著だったのは筋持久力の低下だ。日常生活でいつもより疲労を感じやすくなったり、以前までは軽くこなせていたはずの運動が心なしか苦になったりと、明らかに全身に異変が起きていた。病院で検査を受けたのもそうした兆候を感じていたからだ。

「俺は、その……どのくらいで歩けなくなるんですか」

「早ければ十代後半、遅くても二十代半ばには……」

「十代後半……」

その言葉に酷(ひど)く絶望した。

ネットでカタボリック症候群と検索すると、手足が枯れた枝のように細くなった男性の写真がヒットし、いずれ自分もそうなるのだと思うと恐ろしくて仕方がなかった。生命活動自体に影響はないとは言われたけれど、いっそのこと死んだ方がマシだとさえ思った。

両親は俺以上に動揺していた。なんと声をかけていいのかわからなかったのだろう、病気であると告げられてから、二人は露骨に俺の顔色をうかがうようになった。その反応を見て、俺はますます自分は大変な病気になってしまったのだと恐怖した。

自然と、俺はこの恐怖を理解し寄り添ってくれる相手を求めた。といっても達也はまだ小学五年生で、両親は必要以上に俺を気遣ってきて居心地が悪く、俺は必然的に当時交際していた彼女を頼ることにした。

事情を説明し、どうかこれからも傍にいてほしいとみっともなく懇願した。

しかし、彼女からの返答は期待を裏切るものだった。

「……ごめん、ちょっと考えさせてもらってもいいかな」

快諾してくれない時点で、答えは決まっているようなものだった。

一週間後、案の定と言うべきか、俺はあっけなく振られた。彼女がバスケ部の男子と交際を始めたのはそれから一ヶ月も経たない内の出来事だった。

どうやら、将来性のない俺に用はなかったらしい。

俺は思い知った。彼女が好きだったのは「バレーが上手い一ノ瀬隆二」であって、「虚弱な一ノ瀬隆二」ではなかったのだと。所詮は中学生の軽い恋愛事情と言えばそれまでだが、同じく中学生であった幼さの残る俺にはそれは充分すぎる絶望だった。

「……はは、なんだそりゃ」

もはや笑うしかなかった。笑って笑って、そして、涙が止まらなかった。

程なくして俺はバレーボールをやめた。

どうせ跳べなくなる。いずれ歩けなくなる。日常生活さえままならない体になる。

全国出場なんて夢のまた夢だろう。

そんな俺が、果たしてどうしてバレーを続けられるというのだろうか。

努力する意味を失った俺は、もはやすべてがどうでもよくなっていた。

「兄ちゃん、ひさしぶりに二人で公園いこうよ」

「ごめん達也。兄ちゃんはもうバレーやらないから。友達誘って行きな」

「え、でも運動はしたほうがいいんじゃ――」

「いいよ、どうせ時間稼ぎにしかならないから。運動して筋肉つけたって枯れ木になるのが少し遅れるだけだし」

「でも、ぼくは兄ちゃんのこと心――」

「だから、やらないって言ってるだろ！」

達也の声を遮り、つい声を荒らげてしまった。

健康なお前に何がわかるんだよと柄にもなく醜い暴言を吐き、純粋な達也を拒んでしまった。達也はまだ小学生だというのに。病気のことだってよく知らなかったはずなのに。

その日、俺は人生で初めて達也を泣かせてしまった。

「ご、ごめん兄ちゃん……。ぼくそんなつもりなくて……」

涙ながらに謝る達也の顔を見て、すぐに我に返った。

感情に任せて怒鳴り声を出すなんて俺は兄失格だ。罪悪感が胸を締め上げ、しかし病気による絶望感と苛立ち(いらだ)も確かに混在しており、加えて思春期であることが重なっていたせいか、謝るべき場面であるにもかかわらず、俺は何も言えずに部屋に戻ってしまった。

その日を境に、俺と達也の間には居心地の悪い気まずさが漂い始めた。ただ、互いに顔色決して仲違い(なかたが)いをしたわけではなく、顔を合わせれば会話もする。

をうかがうような、まるで初対面の相手に気を遣っている時のような、そんなよそよそしさがあった。

もっとも、解決するのはそう難しい話ではない。俺がただ一言「この前は怒鳴ってごめんな」と口にすればいい。

達也は優しいから俺が謝ればすぐにでも「いいよ！」と笑みを浮かべて水に流してくれるだろう。

しかしこの時の俺は精神的に不安定で、思考回路は歪にねじ曲がっていた。

本来ならすぐにでも謝るべき場面で俺がとった行動は、より他人行儀な態度をとるという、極めて支離滅裂なものだった。

俺は仲直りではなく、達也と築いてきた関係を希薄にする道を選んだのだ。

俺が達也にとって良い兄であればあるだけ、いつか俺が枯れ木のようになった時のショックも大きくなるだろう。きっと達也は俺以上にその惨状を憂い、涙を流すはずだ。達也がそういう子だということは俺が誰よりも理解している。

それなら、俺が達也にとって理想的な兄ではなく、どうだっていい兄になればいい。そうすれば達也が傷つくことはないはずだ。

今考えれば馬鹿な考えだったと思う。いかにも年頃の男子が抱きそうな、誰も幸せにならない自己犠牲の精神だ。もっとすべてが丸く収まる方法だってあったろうに。

ただ、当時の俺にはそんなクレバーな発想などなく、根本的にネガティブになっていたせいか、解決策も「自分が達也のもとを離れればいい」というこれまたネガティブなものに帰着した。

……いや、違うな。

俺はそんな自己犠牲の精神で達也を拒もうとしているのではない。そういった理由があったのは事実だが、本心はそこではない。

俺はただ、怖かったんだ。いつか枯れ木のように細くなった俺が「達也が憧れる理想の兄」から「同情すべき憐れな兄」になるのが。あれだけ俺を慕ってくれていた達也が俺を憐れみ、そしていつかの彼女のように離れていってしまうんじゃないか。それが恐ろしかった。

誰かが離れていくのは怖い。だから、離れられる前に自分から去ればいい。そうすれば心の傷も最小限で済む。

何より、俺は達也とかかわり続けることに耐えられる自信がなかった。

達也は俺よりもバレーの才能があって、皆から期待されていて、そして俺と違って病気などでもない。達也は俺にない物をすべて持っていて、無邪気に明るい笑顔でバレーに打ち込んでいる。

その明るさは、俺にとっては目が眩んで痛くなるほどの刺激だった。

だから俺は達也から目を逸らしたかった。直視すればいつか俺は達也に対してみっともない感情を抱いてしまいそうで、それは、それだけはなんとしても避けたかった。

その日から、俺は達也と言葉を交わさなくなった。

廊下で達也とすれ違っても目線すら合わせず、家にいる間はなるべく達也と顔を合わせないよう自室にこもるようになった。

あの日撮った写真のような仲睦まじい光景はもはやどこにもない。

当然、達也は悲しそうにしていた。理由もわからないまま突然兄から無視されるようになったのだから無理もない。時折俺の部屋をノックしては「兄ちゃん、入ってもいい？」と尋ねてきたくらいだ。

酷く心が痛んだ。今すぐこの扉を開けて達也を抱き寄せたくなるほどに。

しかし、すっかり厭世的になっていた俺の精神がそれを許さなかった。一種の破滅願望、あるいは自傷行為に近いかもしれない。

そんな生活が数ヶ月は続いた。

精神は荒んでいく一方だった。

受験生だから学校には行った方がいいという両親の要望もあり、かろうじて通学こそしていたものの、受験も、もはや人生すらどうだってよかった。

医者から推奨されているリハビリはもちろん、摂取すべき栄養素も疎かにし、自暴自棄という言葉がこれほどまでに似合う人間は他にいないだろうという怠惰の限りを尽くしていた。

達也とももう長い間話をしていない。

いつの間にか、俺達の距離は遠く離れていた。今でも達也がバレーを続けているのかさえも知らないほどの溝がそこにはあった。流石の達也でも、ここまで長期間冷遇されれば愛想が尽きるということだろう。

俺はつくづく馬鹿だった。自らそうなるように仕向け、距離を置いたにもかかわらず、いざ達也との関係が希薄になると涙が出る程苦しく、そして寂しかった。

結局、どのような選択をしても大差はなかったのだろう。

もはや自分が何をしたいのかも、自分の心がどうなっているのかさえも俺にはわからない。たった一つの病気によって、俺の人生はそれはもう見事に狂わされていた。

そんな俺に転機が訪れたのは十二月二十日、誕生日の事だった。

その年の冬は厚着をしていてもなお冷気が体を撫でる程の低気温で、間違いなく人生で最も憂鬱な誕生日になるはずだった。

「あ、兄ちゃん……お誕生日おめでとう」

学校から帰ると玄関で待っていた達也が以前同様、顔色を窺うように俺を出迎えた。

達也から話しかけられるのは実に半年ぶり。半ば嫌われていると考えていた俺は少しばかり動揺し、けれどすぐに達也から視線を逸らした。

しかしこの時の俺は見誤っていた。達也の優しさを。その心根の温かさを誰よりも知っていると己惚れていたんだ。だから予想もできていなかった。まさか達也が俺を嫌うどころか、ずっと俺を心配していたのだと。

それは突然の事だった。

ぎゅっと、達也が胸に顔をうずめるようにして抱き着いてきた。

引き離そうと肩に手を置き、しかしそこで気付く。

達也の肩は震えていた。

「ぼくね、兄ちゃんのこと好き。兄ちゃんに嫌われてても好きだよ」

言葉が出なかった。

どうしてだ。俺はずっと達也を拒んできた。寂しかっただろう、苦しかっただろう。そうでなければこんなに震えてなどいないはずだ。本当ならとっくに俺のことを嫌いになっていてもおかしくない。なのに、なのに――。

「なんで嫌いにならないんだよ……」

口から零れ落ちたのはそんな言葉だった。

「ならないよ。だって兄ちゃんはぼくの自慢の兄ちゃんだもん」

……ああ、そうか。そういうことか。

いた。

達也が話しかけてこなくなったのは俺を嫌いになったからなどではない。

俺に嫌われたと思ったから、俺を不快にさせないよう今日まで我慢して身を引いていたんだ。俺と話したいと思いながら、それでも我慢して今日までずっと――。

「ぼくね、兄ちゃんにプレゼント買ってきたんだ」

そう言って達也は俺の手を取ってリビングへ歩きだした。長い時間をかけて掘った溝を埋めないためには、すぐにでもこの手を振りほどく必要がある。けれどどうしたことか、俺は手を引かれるがまま大人しく達也の後をついていった。小さく温かいその手を振りほどけなかった。

「これ、ぜんぶ兄ちゃんにあげる」

達也から渡されたのは抹茶味のプロテイン、そしてダンベルやチンニングマシンなどの各種トレーニング器具だった。

カタボリック症候群の患者に必要とされる栄養素がタンパク質であることも、筋肉を増強させるためにトレーニングが必要であることも達也は知っていた。きっと両親から病気の特徴を聞き、達也なりに考えてくれたのだろう。

「達也これ、高かっただろ……」

「へへへ、お年玉使い切っちゃった」

気恥ずかしそうに笑い、達也は「これで兄ちゃんの病気少しは良くなるかな？」と俺の腕を優しく撫でてきた。

「ごめんね兄ちゃん。迷惑だったらまた我慢するから。でも今日だけはお祝いさせて」

どこまでも健気(けなげ)なその言葉に、俺は自らの愚かさを痛感させられた。

「達也……」

気づけば力強く達也を抱き寄せていた。もう我慢の限界だった。

「ごめんな……。ずっと無視して、達也のこと避け続けて……。今までずっと寂しかったよな、本当にごめんな……」

達也を怒鳴ってしまったあの日からずっと言えなかった謝罪の言葉を、何度も何度も繰り返し言い続けた。いつの間にか涙が溢(あふ)れていて、それに気づいた達也まで鼻水をすすりながら泣いていた。

「兄ちゃんも本当は達也のことが大好きなんだ……。ごめん、ごめん……」

「ぼくおこってないよ。だからあやまらないで？」

抱え込んでいた様々な感情が涙と共に流れていった。ずっと求めていた自分を理解し受け入れてくれる存在。それがこんなにも近くにいたのだと心の底から安堵(あんど)した。

「さっきもいったけどね、ぼくも兄ちゃんのこと大好きだよ。ずっと兄ちゃんの味方だよ」

どれくらいの時間そうしていたかはわからない。

時間なんて忘れてしまう程、俺達は肩を寄せ合っていた。

そうして涙や諸々の感情が落ち着いてきた頃、達也から渡された器具を手に取った。

「ありがとう達也。兄ちゃん頑張ってみるよ」

「うん！　ぼく応援する！」

「はは、じゃあちょっくらムキムキになるから見てろ！　貯金ならぬ貯筋だ！　筋肉が減っても余りあるくらい鍛えてやる！」

「おーっ！」

その日から、達也の優しさに報いるために必死に人体とスポーツ科学を勉強した。

中には誤った情報も多く、何度か遠回りもした。あるインフルエンサーは「トレーニングは限界まで自分を追い込め！」と謳い、またあるインフルエンサーは「筋肉を追い込む必要はないんですよ」などと発信し、どちらの情報を信用すればいいのかが俺にはわからなかった。

何が正しくて何が間違っているのか。俺が正しい知識と努力を考えるようになったのはこの頃からだ。

紆余曲折ありながらも、情報収集をするにあたって最終的に俺が行き着いたのは「科学的根拠があるか否か」だった。調べれば調べるほど、巷には科学的根拠のないでたらめな情報が出回っていることがわかった。これは何もトレーニングに限った話ではなく、勉学、美容、健康、あらゆる分野に散見された。まずはその根拠のない情報を鵜呑みにしないことが第一歩だと判断した。

そうして最適なトレーニングや食事、休養を取り入れ、日々努力を重ねていくうちに目に見えて筋肉量は増加していった。

まだ症状が軽く、筋肉の増量が可能なうちに可能な限り筋肉を蓄えておく。そうすれば筋肥大を筋分解が上回ったとしてもしばらくの間は貯筋を切り崩して健康体でいられる。

そうやって時間稼ぎをしつつ、その間にカタボリック症候群の治療法が確立されるのを待つ。それが俺と達也の希望だった。

トレーニングの効果はめざましく、カタボリック症候群でありながら身体能力は向上し続けた。もっとも、病気でなければ更に身体能力が高かったのは否めないが、病が判明する以前よりも動けるようになったのは随分な精神的ゆとりをもたらしてくれた。

病の身とはいえ、いや、病の身だからこそ、努力の成果が目に見える形で現れるのは嬉しかった。

努力の楽しさに気づいた俺はやがてトレーニング以外の分野にも手を伸ばし始めた。やる気が出ない時はどうすればいいか。

睡眠の質を高めるにはどうすればいいか。

肌を綺麗にするには、頭を良くするには、三日坊主を卒業するには。

疑問が湧き次第徹底的に調べ上げた。この世界には数多くの研究機関とその報告をまとめたページや出典を明記したウェブサイトがあり、科学的根拠のある情報はスマホのブラウザひとつでいくらでも入手できた。

知識を得れば得るほどこの世界が輝いて見えた。当初は悲観していたカタボリック症候群も、現代は脳波や視線で機器を操作できる技術があると知ってからは僅かながら恐怖が和らいだ。仮に手足が動かせなくなったとしても機械を動かせるのなら随分な希望だ。

気づけば俺は何食わぬ顔で高校に進学していた。

無論、恐怖が和らいだと言っても完全に払拭できたわけではなく、入学からしばらくの間はバレーを避けていた。いくら身体能力が上がっていても、この体で全国を目指せるのだろうかという疑問がついてまわっていたからだ。

とはいえ、それでも気持ちは比較的前向きだった。

全ては達也のおかげだ。こんなどうしようもない俺を見捨てず、それどころか大好きだと言ってくれた。

「達也、本当にありがとう」

俺は毎日のようにお礼を口にしていた。

六年生に進級した達也は少しだけ大人びた雰囲気になり、「大げさだよ。兄ちゃん毎日それ言うじゃん」とどこか落ち着いた笑顔を見せていた。

一度は破綻した兄弟関係はすっかり修復され、それどころかより強固になっていた。

しかし、順調に事が進んでいたのは高校一年の夏までだった。

俺はすっかり忘れていた。正確には、無意識にある可能性を頭の中から排除していた。

カタボリック症候群は詳しい発症のメカニズムこそ不明ながら、遺伝的要因が引き金になっているというのが有力な説だった。

遺伝的要因。それはつまり、俺と似た遺伝子を持つ人間はこの病に罹る確率が高いということ。

嫌な予感がした。そして、その予感は的中していた。

高校一年の夏、達也がカタボリック症候群であると判明した。俺より三年も早い発症だった。

なんと声をかけたらいいか俺にはわからなかった。

二人で乗り越えようだとか、一緒にトレーニングに励もうだとか、同じ病気だからこその寄り添い方はいくらでもある。

しかし達也の顔から表情が消えたのを見た俺は何も言えなかった。

「兄ちゃんごめん。僕、全然兄ちゃんの気持ちがわかってなかった。無責任に頑張れだなんて言ってごめん。……これ、無理だ」

達也もまた、いつかの俺のようにいずれ訪れる未来を想像してしまったのだろう。

手足が痩せ細り、バレーはおろか、自らの足で歩くことさえできない。一日の全てをベッドの上で過ごす、そんな絶望的な未来を。

俺よりもずっと繊細な心を持ち、俺よりもずっと幼くして病を発症した達也がより深く絶望するのは至極当然の話だった。

そして、病気の判明から程なくして、達也は学校に通わなくなった。

「……どうせ行っても意味ないから」

どれだけ勉強しても二十年後には寝たきりになる。

何をどう足掻いても、治療方法が確立されない限りその現実からは逃げられない。

すべてを諦めてしまった達也は、あれだけ好きだったバレーボールすらもあっさり手放してしまった。トレーニングもせずに一日中部屋に閉じこもるばかり。

「達也、少しだけでもいいから兄ちゃんと一緒に運動しない？」

「ごめん、今はひとりにしてほしい……」

「……そっか」

気が気でなかった。その時になって初めて、俺は自分が病気になった時に達也や両親がどのような気持ちになったのかを実感した。達也が俺を心配してくれたように、俺も達也が心配で仕方がなかった。

兄弟だからか、それとも同じ病だからか、達也の変貌（へんぼう）ぶりは以前の自分と重なるところが多かった。優しい口調は徐々に捻（ひね）くれていき、あれだけ明るかった笑顔はもうどこにもない。

「もう少しご飯食べた方がいいんじゃないか……？　食欲ないならせめてプロテインとサプリだけでもさ」

「僕はいいよ。人の心配してる余裕があるなら兄ちゃんこそ時間稼ぎのトレーニングでもすればいいじゃん」

「達也……」

たまらず達也を抱き寄せた。いつか達也がそうしてくれたように。

「諦めないでほしい。達也はひとりじゃない。兄ちゃんも一緒だから、少しずつでいい、少しずつでいいから一緒に頑張ろう、な？　父さんと母さんだって俺たちのために必死に働いてくれてる。皆俺たちの味方なんだ」

その言葉も、達也には届かなかった。

「どうでもいいよ、もう」

その一言で一蹴(いっしゅう)された。

達也は俺が思っているよりもずっと未来を悲観していたんだ。

明るく純粋な人間ほど心が壊れた時の反動は大きい。俺が知る達也はもうどこにもいなかった。

医療費を稼ぐために家を空ける時間の多い両親、病気を抱えた子供二人、再び拗(こじ)れた兄弟関係。俺にはこの現状を打開する方法がわからなかった。どうすれば達也を笑顔にできるか、希望を抱かせることができるか。一日中そればかりを考えていた。


そんなある晩のことだった。

リビングから自室に戻る途中、偶然達也の部屋のドアが少しだけ開いていることに気づいた俺は、良くないことだとは思いながらもつい中の様子を窺(うかが)った。

達也は薄暗い部屋の中で体育座りをし、ぼんやりとテレビのコマーシャルを眺めていた。後ろ姿しか見えなかったが、猫背で気弱に曲がった姿勢を見るだけで意気消沈しているのは伝わってきた。いつもこんな風に孤独な時間を過ごしているのだろうか。

そう思っていた時、ふとコマーシャルを終えたテレビの画面が目に入った。

それは、高校バレーの全国大会、その中継映像だった。

音は小さく、実況解説の声も聞き取れない。それでも、選手が跳躍する際に床と擦(こす)

れるシューズの音と、迫力のある打球音だけはよく響いた。達也はその映像を、何を言うでもなく眺めているようだった。

達也は一体、どんなことを考えながらそれを見ていたのだろう。

――いつか二人で全国へ。

その約束の場所を目にして、果たして何を感じていたのだろう。

俺にはわかる。同じ病気を持つ俺だからこそわかる。

約束はもう果たせない。自分は全国には行けない。

そう思っていたに違いない。

達也もきっと同じだ。

俺だってそうだ。健康という、どんな才能よりも重要な資質が俺の体には欠如している。だから俺はバレー部に入る勇気を持てずにいる。自分を信じられずにいる。

自分を信じられなくて、いつか訪れる悲劇的な末路だけを夢想してしまう。

それはあまりにも虚しく残酷で、しかしこの時俺は、凄惨な現状とは裏腹にふと希望が垣間見えたような気がした。

達也は全てを諦めているけれど、バレー自体が嫌になったわけではない。

心の底からバレーボールに嫌気が差していたらわざわざ中継など見ないはずだ。それも、俺達の夢だった全国大会の映像を。

達也は今でもバレーを好きでいる。好きでいながら自分には無理だと諦め、だからこそ全てにおいて無気力になってしまったんだ。

なら、もしも全国に行くのが不可能ではないとしたら？

カタボリック症候群と闘いながらでも結果を残せるのだとしたら？

誰よりも活躍できるとしたら？

それこそが、俺が見出(みいだ)した希望だった。

同じ病気を持つ俺にしかできない、俺だからこそ与えられる希望。

あの誕生日の日、俺の心を救ってくれたのは達也だ。達也がいたから俺は今でも腐らずに足掻き続けられている。

今度は俺の番だ。

達也が俺に勇気をくれたように、俺も達也に勇気を与えたい。

——俺は必ず全国に行ってみせる。

＊

病室の中、話を聞いた鈴乃ちゃんは改めて俺の手を固く握った。

「……私に手伝えることはありませんか？」

真剣な瞳が俺を見据える。揺らぎのない意志を感じさせる眼差しに俺は内心少しばかり安堵した。

「鈴乃ちゃんは俺のことを見放さないんだね」

「んえ？　当然じゃないですか。逆に今の話を聞いて離れていく要素ありますか？」

「実際離れていった人もいたからさ。元カノ以外にも友達が何人かね。だから今日まですっと隠してたんだ」

鈴乃ちゃんは「む」と眉間に皺を寄せた。

「そんな薄情な人達と一緒にしないでください！」

心外だと言わんばかりに頰を指で突かれ、ぐりぐりと爪を押しつけられた。それから鈴乃ちゃんは「もうとっくに気づいてると思いますけど」と伏し目がちに言い、浅く息を吸った。そして、

「私、先輩のこと好きです」

堂々と言い放った。

あまりに突然の告白に俺はどう反応すればいいのかがわからなかった。

鈴乃ちゃんの気持ちは心の底から嬉しいと思う。ただ、今の俺にはその気持ちに応えられるだけの余裕と時間がない。

鈴乃ちゃんもそれを分かっていたのか、返事を催促する意思はないらしく、少なく

とも大会が無事に終わるまではバレーに集中するよう強く念を押してきた。

「本当に、大会が終わるまでは気にしないでくださいね。これはなんというか、ただの証明……？　みたいな感じなので」

「証明？」

はい、と鈴乃ちゃんは頷いた。

「私が先輩の元から離れていかない証明です。好きだから支えたいですし、好きだから傍にいたいんです。私は先輩が病気だからって理由で離れていったりしません」

「……そっか、ありがとう」

心底自分は果報者だと実感する。

こんな問題だらけの俺を好きだと言ってくれて、それどころか手を貸してくれると言うのだから。

どうやら、俺が報いるべき人がまた一人増えたようだ。

「鈴乃ちゃん」

「なんですか？」

「俺、絶対全国行くから」

これは決意の表明だ。

達也のため、そして俺を応援してくれる鈴乃ちゃんのためにも必ず結果を残す。

「だからこれからも俺に手を貸してほしい」

「もちろんです！」

そう言って、鈴乃ちゃんは屈託のない笑顔を見せた。


県大会まで残すところ二週間を切った。

あの日以来、俺達の練習はより本格化していた。

以前同様ゲーム感覚でのメニューは継続しつつ、鈴乃ちゃんの希望もあって隙間時間で人体力学や栄養学、それからカタボリック症候群についての勉強会を行った。主に筋肉や栄養にまつわる分野の知識を鈴乃ちゃんは欲しているようだった。

「私が勉強しなくても既に先輩が調べ尽くしているとは思いますけど、二人で調べた方が知識の抜けがないと思うんです！」

それが彼女の主張だった。事実それは間違いではなく、何より彼女が俺を支えてくれようとする姿勢そのものが今の俺には心強かった。自分は一人ではない。一緒に目指してくれる人がいる。そう思うだけで活力が湧いた。

また、鈴乃ちゃんが逐一体調をうかがってくれるようになったこともあり、今では気を失うような事態にも、体育館裏に駆け込むこともなくなった。精神的なゆとりがそうさせてくれていた。そういう意味でも彼女の存在は心強い。

　この日も、公園での練習の合間に二人で様々な話をした。

「え！　タンパク質の量増やしたら肌綺麗になるんですか⁉」

「うん、肌だけじゃなくて髪も爪も綺麗になるよ。毎日卵を二個か三個食べるだけでかなり変わると思う」

「これから毎日食べます！　お肉とお魚はどうですか？」

「んー、赤身肉はちょっと微妙だけど、鶏肉と魚、あとは大豆製のタンパク質はかなり良いよ。特に魚はオメガスリー脂肪酸っていうのが含まれていて——」

「ふんふん」

　栄養学などという家庭科の延長にある知識は鈴乃ちゃんにとって退屈でないだろうかと一時は心配したものの、どうやら杞憂らしく、むしろ鈴乃ちゃんは興味深そうに知識を吸収していった。

「栄養学って面白いですね……！　中学の授業で少しだけ習いましたけど、その時はやらされてる勉強って感じで退屈だったのに……！」

「学校の勉強だとどの栄養素が具体的にどう日常生活を変えてくれるかまではなかなか教えてくれないもんね。この栄養素にはこういう働きがある、くらいで」

「そうなんです！　お肌が綺麗になる栄養素って最初から言ってくれれば覚えられる

のに！　教科書だとタンパク質は肌や髪を作る役割、みたいな機械的な説明なんですもん」

「だね。他にも身近な例でいくとマグネシウムや糖質には睡眠の質を高めてくれる働きがあるし、さっき言ったオメガスリーなんかは血流を改善してくれるから結果的に脳の働きも良くなるからね」

「あ、魚を食べたら頭が良くなるってやつですか？」

「そうそう。コマーシャルでたまに聞くやつね。他にも、俺が毎日やってるヒートトレーニングなんかも脳に良いって言われてる」

おおっ、と鈴乃ちゃんは興味深そうな顔をした。

「他にもそういう生活に役立ちそうなの教えてください！」

「もちろん。なら今日は練習はそこそこにして勉強時間を長めに取ろうか。動きすぎて夏バテしてもいけないしね。ここだと暑いしうちで勉強する？」

「ぜひ！」

そこから数分だけ対人練習をこなし、じんわりと滲むような汗をかいてきたところで公園を後にした。そのまま歩いて家まで向かい、玄関のドアを開けると心地よい冷気が漏れてきてそれだけで生き返ったような気分になった。

「お邪魔します」

「どうぞどうぞ」

リビングの戸を開けると、ちょうど冷蔵庫の飲み物を取りに来ていただろう達也と鉢合わせた。

「ただいま」

「ん」

無愛想に反応しつつ、達也の視線はあからさまに俺の隣に立つ鈴乃ちゃんに向いていた。しかも、眉間に皺が寄っている。かなり嫌そうだ。

「達也くんこんにちは。また会ったね！」

「……うわ。また出たよ」

「こら、お客さんにそんなこと言っちゃ駄目だぞ」

「はいはい。僕もう部屋戻るから。二人ともどいて」

やけに攻撃的な態度だった。常日頃からふてぶてしい達也ではあったけれど、今日は一段と虫の居所が悪い、というよりも鈴乃ちゃんを敵対視しているようだった。

達也が部屋に戻った後、それとなく「鈴乃ちゃん、達也と会った時に何かあった？」と耳打ちすると、鈴乃ちゃんは気まずそうに苦笑した。

「ちょっとウザ絡みしちゃいました。可愛くってつい……。すみません……」

「いやいや、謝るのはこっちだよ。せっかく来てくれたのにごめんね。達也には俺からやんわりと言っておくから」

「いいんです、そっとしておいてあげましょう。ところで、いつも達也くんとどんな話をするんですか？」

「んー、話という話はしないかな……。達也は部屋に籠ってることの方が多いし、うちは両親の帰りが遅い関係で夕飯もバラバラだから話す機会がそんなにないんだよ。最近話したと言えばせいぜい県大見に来てくれ～とかそのくらいかな」

「なんて言われました？」

「やだって言われた。即答だったよ」

言って、今度は俺が苦笑した。

病気でも活躍できるのだと示すにあたって、ただ勝利という結果だけを持ち帰るのは説得のカードとしては心許ない。やはり実際に達也自身の目で直接俺が点をもぎとる場面を見てほしいというのが兄としての心情だ。

その場にいる誰よりも強烈なスパイクを打って、病気だからといって全国を諦める必要はないんだぞとプレーで示したい。

「ちょいちょい説得はしてるんだけど、嫌だの一点張りだよ。無理やり連れて行くわけにもいかないしね」

「……なるほど」

鈴乃ちゃんは何かを思案しているようだった。

「まぁ、結果だけで示すしかないんだろうなぁ」

こればかりは考えても仕方のないことだ。達也の意思を無視するわけにはいかない。

深刻な空気にならないよう「それじゃ勉強始めようか」とお茶を濁すことにした。

そうして一日、また一日と時間は過ぎ去り、あっという間に県大会当日を迎えた。

大会は土曜日と日曜日の二日に分けて開催され、初日に三試合、翌日に二試合の計五試合行われる。

学校所有のバスで県営体育館まで向かう道中、チームメイト達に肩を叩かれた。

「隆二、頼んだぞ！」

「スパイクがんがん決めてくれ！」

「うん、任せてほしい」

強気に親指を立ててみせた。

コンディションは悪くない。

病気の影響か、今日まで行ってきたトレーニング強度の割に身体能力には微塵も変化が見られなかったものの、少なくとも筋力が低下している節もなかった。恐らくは病による筋分解とトレーニングによる筋合成が拮抗し、プラスマイナスゼロに落ち着いていたのだろう。技術が磨かれている分、調子自体は良好と言える。皆の士気も高そうだ。

俺はこのチームを気に入っている。俺以外のレギュラーは皆三年生で、本当なら歳下の俺がエースを張るのは不愉快なはずだ。だというのに、彼らは誰一人として文句は言わない。それどころか「うちは上下関係とか無いから」と敬語すら禁止されている。俺に対してだけでなく一年生に対してもだ。

部員二十三名全員が友達。そんな温かいチーム。だから俺はこのチームが好きで、このチームで勝ちたいと思っている。しかし、

「勝てるかな……」

走行音に紛れるような声量で独り呟いた。

決してチームメイトを信頼していないわけではない。セッターの技術は確かだし、リベロも他のメンバーも充分強豪校の水準に達している。

それでも不安が拭えないのは、これがこのチームの理論値ではないからだ。

たとえば地区予選の最終試合。あの試合で誰も気を抜かず、最後の最後まで真剣にプレーをしていたら、ほんの僅かだとしても確実に経験値は得られたはずだ。

このチームは強い。でも、まだまだ磨く余地はあった。その僅かな油断や慢心に足を掬われるのではないか、そんな不安があった。

そして、不安を煽るような一言が後部座席から聞こえてきた。

「そういえば決勝までいったらまたあいつと当たるのかなー。北高のあの二メートル超えの奴」

「あー、藤村だっけ」

「そうそう、跳ばなくてもネットから手出るとか反則だよなあ」

北高二年の藤村。前回の県大会で接戦の末に俺達を下して全国大会に出場した、紛れもない天才選手。

どこの県にも何人かはいるものだ、努力では埋められない武器を持っている人間が。

俺の身長は百八十五センチ。この高さになるまでに随分と生活に気を遣った。食事、睡眠、運動、その他諸々。身長に関する論文や研究を読み漁り、おそらくは俺が到達できる最高値まで身長を伸ばすことができた。

だが、それでも百八十五センチだ。二メートルには遠く及ばない。

果たして俺は彼のブロックを躱せるだろうか。打ち抜けるだろうか。あの高い壁を越えられるだろうか。

いや、弱気になっては駄目だ。理論値だとか、身長差だとか、そんなものは関係ない。俺がこのチームを勝たせなくては。

全国に行けるのは県大会優勝校のみ。北高を、藤村を倒せなければ達也との約束は果たせない。

緊張のせいか、手の平に汗が滲んできた。

会場に到着し、スケジュールの確認等を済ませるとすぐにウォームアップに入った。

幸いにも北高は別のブロック。互いに勝ち進んでいけば当たるのは翌日の決勝戦だ。

「あ、先輩！」

ふいに二階の観客席の最前列から聞き覚えのある声が耳に飛び込んできた。ウォームアップをしながら顔を向けると、学校指定の赤ジャージを身に纏った鈴乃ちゃんがこちらに手を振っていた。

「鈴乃ちゃん、来てくれたんだ」

観客席下の壁まで向かい、見上げながら言うと鈴乃ちゃんは「当たり前じゃないですか！」と言って親指を立ててみせた。

「それより、頑張ってくださいね？　私ずっとここで応援してますから」

「ありがとう、任せて」

程なくして開会の挨拶が始まった。出場校一同が整列し、主催者の話が終わるとすぐに第一試合の準備に取り掛かった。

今回、鈴乃ちゃんは雑用係ではなく単なる観客として来場しているため控室にもベンチにも姿はなく、代わりに目が合うたびに観客席から手を振ってくれた。試合開始直前には【ファイトです！】のメッセージも。

【圧勝してくる】

そう宣言してスマートフォンの電源を落とし、表情を引き締めた。

大会一日目は特に危なげなく勝ち進んだ。うちは元々優勝候補の一角に数えられていたため、顧問の教師も部長も「ここまでは順当」と特段喜びは見せず、それは俺も同様だった。

そうだ、ここまでは既定路線。なんなら明日の準決勝も問題はないだろう。もちろん油断はしない。だが、やはり考えるべきは対北高戦だ。

夕方、帰宅した流れで達也の部屋をノックした。

「達也、ちょっと話さないか？　明日のことについてなんだけど」

返事はない。ドア下の僅かな隙間からは光が漏れており、室内からは微かながらマウスのクリック音が聞こえた。

意図的に無視されている、そう捉える以外にない。達也の無関心に少しだけやるせない気分になった。

「兄ちゃん、明日も頑張ってくるよ」

気が向いたら見に来てほしい、そう言い残して自室に戻った。

迎えた大会二日目、準決勝開始直前になっても鈴乃ちゃんの姿は見当たらなかった。

【すみません、少し遅れます】

携帯にはそんなメッセージが入っていた。

寝坊だろうか。いや、鈴乃ちゃんに限ってそれはない。

ともあれ考え事は後だ。今は目の前の試合に集中しなければ。

準決勝は想像以上に接戦だった。

点を取ればすぐさま取り返される、シーソーゲームのような試合展開。

元より楽に勝てる相手ではないと評価はしていたが、まさかここまで追い詰められるとは思っていなかった。ここからは些細（ささい）なミスが命取りとなる。下手をすれば北高に辿（たど）り着く前に敗退してしまう。

決勝に向けて体力は温存しておきたいというのに、もはやそんな悠長なことを言っていられる場合ではなかった。

勝たなければ、点を取らなければ。

チーム全体に焦燥感が蔓延（まんえん）したせいか、プレーは次第に噛（か）み合わなくなっていった。

レシーブの精度、トスのタイミング。あらゆるプレーから精彩さが欠けていく。どれもミスとは呼べないほどの小さな綻（ほころ）び。だがそれらが積み重なった結果、ついに相手チームのリードを許し、先に一セット目を奪われる運びとなった。もう一セット取られれば終わり。あまりにも手痛い失態だった。

一セット目終了後、ベンチに腰を下ろした俺はタオルを顔に被せ、ぼんやりと天井を仰ぐ。試合が上手くいかない時はこうして脱力して気持ちをリセットするのがルーティンだった。

しかしいつもなら落ち着きを取り戻せるはずのそれも、今日に限っては効果が薄い。敗北の予感が心を乱していた。

俺の身体機能はおそらく今がピーク。ここからは下降あるのみだろう。今年勝てなければもう全国大会には手が届かない。そんな焦りがあった。

休む間もなく始まった第二セットも、チームの連携は乱れたままだった。

俺のせいだ。エースである俺がチームを勢いに乗せられていないから。誰よりも点を取るべき俺が焦ってしまっているから。

点差は五対十のダブルスコア。確実に押されている。

——このままでは負ける。終わってしまう。

俺は全国に行かなければいけないのに。もう一度達也が笑っている顔を見たいのに。

ああ、鼓動がうるさい。試合に集中できない。頭に霧がかかったようだ。視野が狭まり、最適解を導き出せずにいる。

やがて息が上がってきた。まだ体力にゆとりがあるにもかかわらず、酸欠に陥ったかのように肺が酸素を欲した。

もう、駄目かもしれない。

サーブ権を得てエンドライン際でボールを見つめる俺の心は密かに沈みかけていた。所詮病気を抱える俺ではどう足掻いても全国には届かないのではないか。全国に行けるのは俺よりもずっと才能があって健康な人間で、ここから落ちていくだけの俺にはもう――。

汗と共に後ろ向きな考えが滲み出してくる。

鈴乃ちゃんが応援に駆けつけてくれたのは、まさにそんなタイミングだった。

「一ノ瀬先輩！」

サーブ直前、鈴乃ちゃんが俺の名前を叫んだ。

振り返った視線の先では鈴乃ちゃんが観客席の手すりに身を乗り出す勢いで最前列を陣取っていた。

だが、俺の注意が向いたのはそこではなかった。

鈴乃ちゃんのすぐ隣に立つ人物を見て思わず目を見開いた。

「達也……！」

そこには達也の姿があった。

そうか、だから鈴乃ちゃんは遅れると言っていたのか。達也を説得し、ここに連れてくるために。あれだけ頑なだった達也をどうやって説得したかはわからない。そんなことはどうだっていい。

達也が今この会場にいて、俺の試合を見守っている。それだけで充分だ。

瞬間、頭にかかっていた霧が一点の曇りもなく晴れ渡った。鼓動は落ち着きを取り戻し、視界は体育館全域を見渡せる程に冴え渡った。

ああ、馬鹿だ俺。

何を弱気になっていたのだろう。どうして諦めかけていたのだろう。

考える方向が違うだろ。

恵まれていないのは百も承知。不利で上等。

そんな逆境で勝つからこそひと際強く輝くんだ。達也が思わずまたバレーをやりたくなるような輝き。それを放てるのは他でもない、同じ病気を抱える俺だけなんだ。

そうだ。これは俺にしかできない下剋上。

「……ありがとう、鈴乃ちゃん」

小さく呟き、サーブの構えを取った。

さあ、そこで見ていてくれ達也。

——ここからは先は、兄ちゃんの独壇場だ。

第六章　いつの日か

どうすれば一ノ瀬先輩の役に立てるか。

先輩の話を聞いたあの日から、ずっと私は考え続けていた。

どんな些細な助力でもいい。私がいることでほんの少しでも先輩の支えになるのならなんだってする。その覚悟が私にはあった。

けれど先輩は私が手を貸すまでもなく常に最善の手で進み続ける。

知識量では決して先輩には敵わない。支えるどころか私が教えてもらってばかりだ。

だからあの日、先輩が達也君に試合を観に来てもらいたいと切実な顔を見せたその瞬間、私の役目はそれなのだと思った。

以来、先輩の練習に付き合いながらも私は隙を見て達也君との接触を図っていた。

いかんせん相手は部屋に閉じこもってばかりの少年だ。心は痛むものの、時には卑怯(きょう)な手を使うこともあった。

「宅配便です！」

先輩が合宿で家を留守にしている間、宅配業者を騙(かた)って達也君を部屋から誘いだしたことがある。不登校で恒常的に自宅にいる達也君が荷物の受け取りを任されているというのは既に先輩の口からリサーチ済みだった。

もちろん、玄関を開けて私の姿を見た瞬間に達也君は物凄(ものすご)い勢いで扉を閉めようとした。しかしそこは私も意地だ。すかさず扉に足を挟みこんで無理やり扉をこじ開けてやった。通報されたら普通に捕まると思う。

「何の用」

「お姉ちゃんとお話しよう！」

「嫌だ。帰って」

扉を閉めようとする達也君と意地でも開こうとする私。

玄関前での攻防はしばらくの間続いた。

やがて体力が尽きた達也君は露骨に大きなため息をつきながら「……もう好きに入れば」と扉から手を放した。肉食獣に襲われた動物が死を悟って諦めたような顔だった。

「今日は達也君にお願いがあって来たの」

「大会なら見に行かないよ」

「え、なんで私の言いたいことわかったの」

「兄ちゃんも最近ずっと誘ってくるから」

「そりゃあ誘うよ。全国に行くって約束したんだよね。お兄ちゃん張り切ってたよ？」

「そんな昔の話、もうとっくに時効だよ」

それから一呼吸置いて、達也君は「どうせ無理だし」と誰に向けて言うでもなく呟いた。きっと自分の、自分達の体に対しての言葉だったのだろう。

先輩が言っていたことを思い出す。達也君はバレーが好きで、でももう約束を果たせないと思ったから絶望しているのだと。

「無理じゃなかったらどうする？」

「無理だよ」

「無理かどうかは聞いてないの！　無理じゃなかったらどうするって聞いてるの！」

不健康なまでに白い頰を虫も殺せない力でつねった。達也君はすぐに私の手を振り払い、不機嫌そうに眉をひそめながらも返答を考えているようだった。

先輩の言った通りだ。この子は優しい。未来に絶望して捻くれてもなお、こうして私の言葉に耳を傾けてくれる。

でも私は思うんだ。達也君がこうして考えてくれるのはただ優しいからというだけではない。優しさの奥にこの子はまだ希望を持っている。本人にも自覚できないほどの小さな希望を。もし本当に心の底から絶望しているのならこんな風に私と話をしてくれないはずだ。嫌だとすら言わず、完全に心を閉ざして自分の世界にだけ籠るはず。この子はきっと、自分の絶望を否定してほしいんだ。全国大会進出は決して無理じゃない。病気になっていたって約束は果たせるのだと。

自分ではそれを信じられないから私達の言葉によって信じさせてほしいと願っている。だからこうして話してくれるんだ。

とはいえ、それも簡単な話ではない。

一度折れた心を立て直すには時間と勇気が必要だ。

病気でも全国人会に行けるのだと一度でも信じてしまえば、それが叶わなかった時に受ける傷は心臓に達するほどに深くなる。それくらいなら最初からあきらめていた方がずっと楽だ。「ほらやっぱり無理だったじゃん」と自分の心に言いわけができるから。

私もそうだった。挫折を知り、自分は凡才なのだと何事にも予防線を張って生きてきた。そうすれば上手くいかない出来事があっても言いわけの余地が残る。実際それらの予防線は一時的に私の心を楽にしてくれた。

しかし先輩と出会った今ならわかる。それはただの現実逃避だ。

もちろん、逃避は必ずしも悪いことではない。

才能や環境を言いわけに夢から逃げて、そこで新しい夢と出会ったのならそれでいいし、仮に出会わなかったとしても最終的に幸福であればその逃避行は決して無駄ではない。英断ですらあるだろう。目標などというのはあくまでも人生を彩る一要素でしかないのだから、叶いそうにないと判断すれば別の色を探せばいい。

人間関係や他の事象でも同じことが言える。嫌いな人間と無理にかかわるくらいなら逃げてしまった方がずっと良いし、不満があるなら現在の環境を捨てたっていい。逃げるは恥だが役に立つと言うけれど、私から言わせれば逃亡は恥ですらない。結果的に自身が満たされるのであれば積極的に逃げるべきだとさえ思う。

あくまで、満たされるのであれば。

私は才能のなさを言いわけにバレーからも努力からも逃げ出した。その結果私が穏やかに生きられていればそこには意義があっただろう。しかし私はそうではなかった。彩奈ちゃんや先輩を見るたびにどうしようもなく心がざわついたんだ。

私は決して満たされてなどいなかった。それどころか虚しさを感じていた。

だから再びこの道に戻ってきた。

私は確かに自分の才能や能力に失望していたけれど、心の奥底では「努力で手に入るものがある」とまだ希望を持っていた。いや、希望を持っていたかった、と言うべきだろうか。

その小さな希望を私に気づかせ、もう一度信じさせてくれたのが先輩だった。

私はまだまだ上手くなれる。もっと高く跳べる。先輩がそれを教えてくれたから私はバレーの道に戻ってくることができたんだ。

達也君はあの時の私と同じだ。約束を果たせない自分に失望する気持ちと、僅かな可能性に賭けたい気持ち。それら二つが達也君の中に混在している。

この子がもう一度自分の可能性を信じるには、やはり先輩の試合をその目で直接見てもらう必要がある。

だとすれば私のやるべきことは一つだ。

ただひたすらに泥臭く、折れずにこの子と向き合うこと。どれだけ拒絶されても達也君が試合を見に行くと言ってくれるまで何度でも。

来る日も来る日も説得を続け、ようやく達也君が「……そこまで言うなら」と頷いてくれたのはまさに決勝当日の今朝のことだった。

「その代わり、二度と庭に侵入して部屋の窓を叩かないでほしい。普通に怖いから」

「あはは、ごめんね……。必死だったからつい」

「あと、見には行くけど本当にただ見るだけだから。またバレー始めるとか絶対ないから」

「わかった、それでもいいよ。ほら、もう準決勝始まってるよ！　タクシー呼んだから急いで行こ！」

達也君の手を取ると、僅かに躊躇した様子を見せながらも達也君は一歩、部屋の外へ足を踏み出した。

*

準決勝第二セット。サーブ直前、私達に気づいた先輩は達也君を見て少しだけ驚いたような表情を浮かべ、けれどすぐに微笑んだ。そこで見ていてくれと言わんばかりの優しい顔つきだった。

「兄ちゃん負けてるじゃん」

最前列に腰かけた達也君がぶっきらぼうに言った。

第一セットを相手チームに取られ、第二セットも現在進行形で押され気味。

客観的に勝敗を予想するなら相手に分があるのは誰の目にも明白だった。特に、達也君の目には現状がより逆境として映っているだろう。

どうせ勝てない。先輩の背中を見つめる達也君の目はそう語っていた。

「そんな不安そうな顔しないで。先輩のこと信じよう」

達也君の肩に手を置くも、すぐに払いのけられた。

「別に不安じゃない。そもそも応援してないし」

会場まで来てくれたのはいいものの、達也君の心はまだ自分達の可能性を信じるには至っていないようだった。

病気である先輩を応援することは、同じ病を抱える自分自身を鼓舞することに等しい。同じく、先輩を信じることは自分を信じることとイコールだ。

それが怖いから達也君は先輩を応援できない。きっと達也君自身も気づいていない心の機微だ。言いわけの余地を自分に残すための無意識の逃避行動。それに関しては私が誰よりも共感できる。

だから私は何も言わなかった。

私の役目はここに達也君を連れてくることのみ。

ここから先は、達也君を信じさせるのは先輩の役割だ。

「頑張ってください、先輩……！」

私は先輩を信じている。私にもう一度希望を与えてくれた先輩を。

先輩ならきっとできる。必ず全国へ行ってくれる。

私達の視線を一身に背負った先輩がサーブの構えに入る。ボールを手前に投げ、助走の勢いを殺さずに全身の力を手の平に集約。直後、目で追うのも困難な豪速サーブが放たれた。

相手レシーバーは正面ではないながらも先輩のサーブを受けた。流石は準決勝、驚異的な反射神経と言わざるを得ない。

しかし先輩相手に反応してから動くのではもう遅い。ボールに触れこそしたもののレシーブは間に合っておらず、腕で跳弾したボールはコートの遥か外へ飛んでいった。

「ナイスサーブ隆二！　もう一本！」

すかさず部長が声を上げた。

どこか硬い雰囲気だったチームに僅かながら活気が生まれた瞬間だった。

続く二球目のサーブは更に強力だった。一球目同様、相手レシーバーはボールに触れるのが関の山。とてもセッターの立つ位置には返球できない。

ダブルスコアになるほど離れていた点差はものの数十秒でイーブンに落ち着いた。

「どう？　凄いでしょ先輩のサーブ」

「……まあ、そこそこ」

「またまたー。素直に認めてあげなよー」

「だって、僕ならあのサーブ拾えるし」

「おっ」

この子、負けず嫌いだ。

「達也君はレシーブ得意なの？」

「うん。クラブに通ってた頃はリベロだったから」

「えー！　かっこいいじゃん！　じゃあお兄ちゃんと同じチームになったら兄弟で攻守分担できるね！」

「年齢違うから無理」

身も蓋もない返事だった。冷めてるなあ。

そうこう話している間に先輩が追加で得点を決め、ついにリードを奪った。

ここですかさず相手チームがタイムアウトを取った。試合に空白の時間を作ることで悪い流れを断ち切る狙いだろう。

一セット目を先取して精神的ゆとりがあるはずの相手チームの面々は随分と深刻そうな面持ちだった。一方、追い上げムードの先輩達は適度な緊張感で試合に臨めているように見えた。間違いなく流れは先輩達に来ている。

そこからは圧倒的な試合展開だった。

本領を発揮した先輩をたかだか数十秒程度の作戦会議で止められるはずもなく、タイムアウトが明けても試合の流れは変わらなかった。

ただでさえレシーブ困難な先輩のサーブをかろうじて拾っても流れに乗っている先

輩達を切り崩すことはできず、あっという間に二セット目を取得した。

「いやあ、あの四番の子凄いねぇ」

ちょうど私達の真後ろの席からそんな声が聞こえ、つい口角が上がった。

気づけば観客席には結構な数のギャラリーが集まっていた。五段ある座席のうち半分以上が埋まり、選手の知り合いと思しき若い男女や、選手の親御さん、大会関係者らしき大人が興味深そうに試合を見守っていた。

「ありゃ間違いなく天才だ」

どこからかそんな声も聞こえた。地区予選の時といい、事情を知らない第三者の目にはいつだって先輩が天才として映る。

先輩の苦労を知らない人達が先輩の努力全てを天才の一言で片づけるのはなんだか腹立たしかったけれど、かくいう私も初めて先輩を見た時に真っ先に天才だと呟いたからあまり偉そうに説教はできない。

ともあれ、先輩の活躍に皆が注目するのは私としては喜ばしいことだった。

「お兄ちゃんかっこいいでしょ。大活躍だよ」

「…………」

達也君は噤んだ口元をむず痒そうに動かすだけだった。先輩を否定したくて、けれど圧巻のプレーの数々を認めざるを得ず、素直に凄いと口にするのが悔しいからただただ押し黙るしかない。そんな様子だった。

三分間のインターバルを挟んだのち、第三セットが開始した。

今大会は決勝戦のみ三セット先取、それ以外の試合では先に二セットを取得したチームの勝利となっている。つまり、準決勝であるこの試合で取得セット数が五分の今、実質的にこれが最終セットということになる。

セットカウントだけ見れば互角。しかし私は既に先輩の勝利を確信していた。

先輩の活躍は止まらなかった。安定したレシーブ、美しいフォーム、そして破壊的なスパイク。先輩が点を取るたびに観客席ではちょっとした歓声があがる程だった。

達也君をここに連れてきたのは正解だった。試合の緊張感や会場の雰囲気、そして何より、先輩のプレーは目の前で見てこそ迫力を肌で感じられる。どれもこの場にいなければ味わえない感覚だ。

「ね、病気になっていたってあんな風に輝けるんだよ」

その言葉にも返答はなかった。けれど私にはわかる。虚ろで無気力だった達也君の眼差しに熱がこもりつつあることも、その熱が向かう先が誰なのかも。

一ノ瀬先輩は最後の最後まで一秒として集中を切らすことはなく、準決勝は見事先輩達の勝利に終わった。

「達也、来てくれたのか……！」

試合終了直後、階段を駆け上がった先輩が一直線に走ってきた。頬や首筋には汗が伝い、微かに息も切れている。途中から圧倒していたとはいえ、想定以上に体力を消耗しているのが見て取れた。

「この人があんまりにもしつこいから仕方なく来ただけだよ。家にいても暇だし」

「そっかそっか。来てくれてありがとう」

正面に立った先輩は達也君の頭を撫で、穏やかに笑った。それからすぐに「どうだ達也、兄ちゃんは凄いだろ」と自慢げに続けた。

「……でもまだ優勝じゃないし。北高ってところ強いんでしょ。勝てるの」

「強いよ。でも」

先輩はしゃがみ込み、達也君と目線の高さを合わせる。そして一言。

「絶対勝つ」

一切の躊躇いもなく宣言した。

「約束だ。兄ちゃんが証明する。病気でも全国に行けるんだって。だからここで応援しててほしい」

達也君は下唇を嚙み締め、気を抜けば見逃してしまいそうなほど微かに、けれど確かに頷いた。それを認めた先輩は「よし！」と立ち上がり、今度は私の頭に手を置いた。

「鈴乃ちゃんも、連れてきてくれてありがとう」

「いえ、達也君が言った通り、超しつこく誘っただけです」

「あはは、みたいだね」

不愉快そうな達也君とは対照的に、先輩は随分と愉快そうだった。

「それじゃ、ちょっと水分補給したり作戦会議したり色々してくるからまた後で。優勝旗持って帰ってくるから楽しみにしてて」

「はい、待ってます！」

走り去っていく先輩の逞しい背中を二人して見送った。

次はいよいよ決勝戦だ。

負ければ県二位止まり、勝てば全国。間違いなく運命の一戦だ。

緊張感でつい背筋が伸びてしまう。

心なしか達也君も体に力が籠っているように見えた。


一時間後、ついに決勝戦の時が訪れた。

ギャラリーは準決勝の比ではなく、全ての座席が隙間なく埋まっていた。決勝戦ということもあってちらほらと高そうなカメラを構えたメディア関係者の姿も。

会場全体が緊張感を共有する異様な空気につい拳を握り締めた。選手が入場し、両チームが整列したその瞬間、会場がざわついた。

「やっぱでけー」

「何センチあるんだろ」

至るところから驚愕の声が聞こえる。観客席全ての視線が北高二年の藤村選手に集中していた。文字通り頭ひとつ抜けた身長。先輩曰く、身長はおよそ二百三センチ。整列しているとその身長の高さと手足の長さが際立つ。子供の中にひとりだけ大人が交じったような異質さがそこにあった。

思わず固唾を呑む。先輩が勝つと信じてはいるけれど、いざあの体軀を目にすると不安を抱かずにはいられない。

この試合にすべてが懸かっている。

不安、緊張、そして希望。

それらを抱えながら、今ついに試合開始のホイッスルが会場に響いた。

満を持して始まった決勝戦は、誰もが息を呑む互角の戦いだった。

藤村選手対策として、先輩は準決勝までとは戦法を変え、打ち抜くのではなく躱す意識で得点を奪っていた。セッターとの連携でタイミングをずらしたり、自身が囮となることで味方選手の動きを円滑にしたり。今日のために策を練っていたのだろう、バレーは身長だけが全てではないのだと見ている側に教えてくれるような実に多彩な戦術だった。

そして先輩のサーブはこの場においても冴えわたっていた。無論、相手は強豪校。それ以前までの試合のようにサーブのみで得点を重ねることはなかったけれど、確実に相手チームへの威圧として機能していた。

第一セットの中盤、スコアは十二対十二。取って取られての互角の試合。

両校の実力は完全に拮抗していた。

こちらの武器は多彩な戦術。対して、北高は攻守共に二メートルの長身を誇る藤村選手が要となっていた。

彼にトスが上がれば最後、ブロックはまず不可能。そう思わせる程に彼は圧倒的な高さを誇っていた。事実、彼のスパイクは一度として止まらなかった。チーム一の跳躍力を誇る一ノ瀬先輩ですら彼の高さには敵わない。

それでも点差がつかないのは、向こうも先輩達の攻撃を止められないからだ。たとえ体格で遥かに勝っていても技術や戦術は先輩が上。だからこその拮抗。それぞれの武器を活かしたハイレベルな試合だった。

接戦の末、第一セットは見事に先輩達が勝ち取った。先輩の高速かつ無回転のサーブが相手のミスを引き出しての先取だった。

「やった！　達也くん今の見てた⁉」

「見てたよ」

「凄くない⁉　このままいけば勝てるよ！」

「喜ぶのはまだ早いよ。先に取ったからって安心できない。準決勝だって兄ちゃんの方が先にセット取られてたけど逆転したじゃん」

　達也君は冷静だった。相変わらず表情は緊張で強張っていたけれど、元競技者としての血が試合の展開を俯瞰して見せていたのだろう。

「た、確かに……」

「わかったら早く落ち着いて」

「はい、落ち着きます」

　三つも年下の男の子に軽く窘められてしまった。恥ずかしい。

「兄ちゃんはあの手この手で戦ってるけど、どの戦法もいつかは読まれると思う。対策され始めたら不利になるのは兄ちゃん達だよ。こっちも対策しようにも向こうの十番は止めようがないし」

　とても中学一年生とは思えない分析力だ。話にも筋が通っている。いつか先輩が言っていた「達也には才能がある」というのはこうした部分を指しているのだろうか。

続く第二セットは惜しくも北高に取られる運びとなった。アタック時に藤村選手を躱そうとフェイントをかけた先輩を相手チームが一呼吸置いて見極め、冷静にブロックしたのが決め手だった。

「ほらね、読まれた」

「ほんとだ……」

とはいえ、それでもまだ状況は互角。

両者一歩も譲らない攻防に会場中がざわついていた。

達也君が言うように、北高が先輩の戦術に適応し始めればこの拮抗は簡単に崩れ去るだろう。二セット目のラストプレーはその証明でもある。

ただ、それでも私は先輩を信じている。

私にバレーの奥深さを教え、あの五センチの壁を超えさせてくれたのは他でもない先輩だ。たとえ相手が手の届かない長身だろうと先輩なら必ず活路を見出してくれるはずだ。

三分のインターバルの後、すぐに第三セットが始まった。ここを制したチームが王手をかける重要な場面。

緊張で詰まった息を整えるべく、上を向いてゆっくりと息を吐く。

ふと見えた体育館の窓から覗く空は今にも雨が降りだしそうな分厚い雲に覆われていた。日光を遮られた館内は薄暗く、空調の利いた二階は夏だというのに少し肌寒い。

一方で、試合はここが正念場と言わんばかりに白熱していた。

相手チームは徐々に先輩のプレーに適応しつつある。攻撃が通らない場面も増えてきた。ただ、先輩の手札はまだ尽きておらず、それどころかここに来て大きな賭けに出ていた。

藤村選手がスパイクの構えに入った瞬間、先輩はブロックに跳ぶのをやめ、数歩下がってレシーブの態勢に入った。

相手スパイカーを完全にフリーで打たせるなどというセオリーを無視した戦法。しかし相手の予測を裏切るという意味でそれは効果的に働いた。ある意味では合理的でもあった。どうせ跳んでも届かないのならブロックするのではなく守備の枚数を増やせばいい。

刹那、先輩は見事に藤村選手のスパイクをレシーブしてみせた。一か八かの賭けは先輩に軍配が上がった。

攻守が入れ替わり、先輩は「オープン！」と力強くトスを求めた。直前に見せた先輩の想定外の動きに焦ったのか、北高の選手達は元々先輩についていたブロック二枚に加え、更にもう一枚壁を追加した。そして、それを先輩は見逃さなかった。

跳躍し振りかぶる先輩とブロックに跳ぶ北高の三人。しかしトスが上がったのは先輩の元ではなく、その反対にいる選手だった。

先輩がディフェンスを引きつけたおかげで放たれたフリーでのスパイクは盛大に床に叩きつけられ、先輩達は見事に第三セットをものにした。

あと一セット。あと一セットで優勝。

――いける。勝てる。

場内の空気は興奮したギャラリーの声で振動していた。

「……凄い」

歓声に紛れて、すぐ隣から小さな感嘆の声が上がる。

そうだよ、君のお兄ちゃんは凄い人なんだよ。大きすぎるハンデを抱えながらでもこんなに輝けるんだから。

そしてこの歓声を作っているのは、皆を熱中させているのは紛れもなく一ノ瀬先輩だ。

つい笑みがこぼれた。先輩にも見せてあげたかったな、前のめりになって試合に見入っている達也君の姿を。

「お兄ちゃん、優勝できるといいね」

「……うん」

まだ気恥ずかしさや躊躇いを残しながらも達也君は頷いた。

どうか、このまま勝てますように。

何度目かもわからない祈りを胸に抱えた。

しかし、現実は甘くなかった。

続く第四セットはそれまでの試合内容とは大きく異なり、終始北高がリードしていた。これも先輩の作戦だろうか、そんな楽観的な考えを抱く余地はそこにはなく、純粋な失点を重ねているのが傍目(はため)にもはっきりと理解できた。

対策され始めたら不利になるのは先輩達。さっき達也君が口にしたそれが、ついに試合のバランスを乱す程に表面化していた。異変はそれだけではない。

「なんかあの四番、疲れてね？」

観客席のどこかから聞こえる先輩を指さす声。

ここにきて、先輩のパフォーマンスは徐々に低下してきていた。

どうにも嫌な予感がした。

いつか先輩が口にしていたことを想起する。カタボリック症候群はまず筋持久力が低下していくのだと。

先輩がどれだけトレーニングを重ねて筋力や心肺機能を鍛えようと、頭打ちになっているそれらは決して向上しない。真っ先に低下するだろう筋持久力に関しては既に減少し始めている可能性の方が高い。

まさか、ここまで来て病気の影響が露呈して――。

嫌な予感を裏づけるように、北高が第四セットを奪取した。十二点差だった。

この局面での十二点差が果たして何を意味するか。答えは明白だった。

迎えた最終セット、もう後がない状況。先輩達は奮闘しつつもじわじわと追い詰められていた。

——五対七。

——八対十。

——十五対十八。

点差は縮まらない。四セット目とは違い突き放されていないだけマシだという見方もできるけれど、離されようとそうではなかろうと、このまま試合が進めば辿る結末は一つ。

「……先輩」

先に二十点台に乗ったのは北高だった。

残り五点で敗退が確定してしまう。

選手でもないのに額から汗が流れてきた。呼吸が浅くなっていることに気づき、深く息を吸い込めばはちきれんばかりの鼓動の音が骨を伝って鼓膜を震わせた。

このままだと負ける。その意識が私をたまらなく不安にさせていた。

北高が点を重ねるたびに達也君の表情が曇っていくのがわかった。

そして、ついに北高がマッチポイントに手を掛けた。

スコアは二十対二十四。

デュースに持ち込むことすら困難な、まさに絶望的な展開だった。

緊張感でぴりついていたはずの会場内の空気はいつの間にか消化試合を見届ける生温い空間に変わっていた。

既に勝敗が決したと言わんばかりに席を立つ人、伸びをして帰り支度を始める人、試合ではなくスマートフォンを見ている人すらいた。

「いやあ、これはもう北高の勝ちだろうな」

「だなー。東商業も頑張ってるんだけど、四番のワンマンチームすぎてなあ」

「それ俺も思ってたわ！　点取ってるのもレシーブしてるのもほぼ四番だし、一人だけ役割多すぎて可哀想。そりゃバテるって」

「本当にそれ。もう少し仲間が上手けりゃ勝てたかもしれないのに」

ぎゅっと、爪が食い込む程拳を握りしめた。

まるでもう試合が終わったみたいな言い方に腹が立って仕方がなかった。

先輩は今も集中を切らさずに戦っているのに。どうすれば点を取れるか考えているのに。散々四番は天才だとかなんだとかもてはやしておきながら、誰も先輩の奮闘を見ようともしない。

でも、怒りとは別に、心のどこかで彼らの言い分を受け入れかけている自分がいた。受け入れたくない。最後まで信じていたい。頭の中で必死に自分を奮い立たせてはいるけれど、彼らと同じ敗北の予感を感じていないと言えばそれは嘘になってしまう。元より私は卑屈でネガティブで、夢よりも現実を見てしまうような人間で、だから相手が王手をかけたその瞬間からずっと、頭の中には後ろ向きな言葉があった。

……無理、なのかな。

相手は二メートル超の選手を擁していて、その存在感に隠れているだけで他の選手も総じてレベルが高い。試合の最中に先輩のサーブを安定的にレシーブできるようになった順応性の高い選手もいればスパイクのコースを読み切る冷静さを持つ選手もいる。

対して、先輩は大きすぎるハンデを抱えている。

スポーツは技術もさることながら最終的には身体能力が求められる。その身体能力が奪われていく病気を抱え、更に相手は前回の全国大会に出場した強豪校。

そんな相手に食らいつけている先輩が凄いのは疑いようもない。正しい知識と努力を以てして、病気の身でありながら他の選手よりも高い身体能力を誇っているのだから。

でも、だからこそ考えてしまう。もし先輩にハンデがなかったら、と。

先輩にハンデがなければもっと高く跳べたはずだ。もっと長く動けたはずだ。もしかしたら藤村選手にだって届いたかもしれない。躱さず正面から堂々と打ち抜けたかもしれない。

考えても意味がないことだとわかっているのに、目の前の現実を直視するのが恐ろしくて空想に逃げてしまいたくなる。

このままでは先輩が負ける。

どうしてもその不安が拭えなかった。

同罪だ。先輩を信じているなどと言っておきながら、既に試合を諦めている観客と私は何も変わらない。私が彼らに腹を立てる権利などなかったんだ。

達也君の表情も暗く、大方私と同じような思考をしているのだろうと察することができた。

もう、駄目かもしれない。

――そう思っていた時だった。

「上げてくれ!!」

会場の端から端まで届く程の声量で先輩がトスを呼んだ。もはや怒号に近い叫び声だった。

あまりの声量に会場を後にしようとしていた人々は立ち止まり、この場に存在するすべての人が先輩に視線を向けた。

そんな人々の視線を一身に受けながら先輩は跳躍し、そして、あろうことか藤村選手を正面から打ち抜いてスパイクを決めた。床に叩きつけられたボールは耳に残る轟音を奏で、その衝撃は二階の観客席にまで伝わってきた。

その瞬間、会場が静まり返った。誰ひとりとして目の前で起きた光景に理解が及んでいなかった。まさか身長二メートルの超大型選手のブロックを正面から力業でこじ開けるなどと誰か予想できただろうか。誰がそんなことを可能だと思うだろうか。それも、失点した瞬間敗退が確定するこの局面で。

おそらく、私を含め誰一人として予想していなかっただろう。

滞空時間を終え、ふわりと着地した先輩はゆっくりとこちらを振り返った。

その視線は一直線に達也君へ向かっている。息も上がり、大量の汗を流す先輩はどう見ても満身創痍で、けれどその瞳は決して勝負を諦めていない真剣なものだった。

――まだ終わっていない。

先輩の表情が、立ち姿が、そう語りかけていた。

これまでにない歓声が会場を包み込んだ。

この終盤にきて藤村選手を気合だけでぶち抜いたのだ、会場が沸くのは必至だった。

……私は愚か者だ。とんだ大バカ者だ。

そうだ、まだ試合は終わっていない。

あと一点取られたら負けだなんて、そんなことは関係ない。

先輩は負けない。負けてたまるか。

「せんぱ——」

応援の声をかけようとしたその直前、勢いよく達也君が立ち上がった。観客席の手すりを摑み、うっかり転落してもおかしくない程に身を乗り出した。そして——

「兄ちゃん！　頑張って！」

そう叫んだ。大声を出すのが久しぶりだったのだろう、その声は震え混じりに掠れ、とても大げさに身を乗り出した人間から発せられるものとは思えないくらいにか弱いものだった。だというのに、私にはその声がとても力強く感じられた。

声援を受けた先輩は驚いたようにしばし呆然としていた。達也君の言葉を嚙み締め、これが夢でなく現実であると確かめるために幾らかの時間が必要だったのだろう。

やがて先輩はふっと笑みをこぼし、おもむろに親指を立てた。

「任せろ！」

そして試合は最終局面に突入した。

スコアは二十一対二十四。三点ビハインド。

ここからやるべきことは明確だ。まずはデュースに持ち込み、失点イコール即敗北の状態から抜け出す必要がある。最低でもあと三点取るまでミスは許されない。

スパイクを決めたことでサーブ権は先輩のチームに移譲され、ローテーションした選手に代わりピンチサーバーがサーブを引き受けた。

心なしかサーブを打つ選手の足が震えているような気がした。無理もない。県大会決勝戦、これが最後のプレーになる可能性もあるこの土壇場でのサーブは責任が重い。サーブを請け負った選手は深呼吸を繰り返していた。

やがて審判の笛の音が鳴り、緊張の一本が始まった。

意を決した選手のジャンプフローターサーブが相手コートに向かう。ピンチサーバーを任されているだけあり、球速は先輩よりやや劣るものの、ボールは鋭い低軌道を描いていた。

ここが正念場。緊張感に呑まれているのは北高選手も同様だった。ミスとまではいかないながら明らかにレシーブの精度が低く、セッター以外の選手がカバーに回ったことで比較的緩やかなボールが返ってきた。

対する先輩達は確実にセッターの元にボールを集め、そして再び高く跳躍した先輩にトスを上げる。

——と見せかけて、セッターは指先で横に弾くようボールに触れ、そのままネットを越えて相手コートにボールを落とした。いわゆるツーアタックと呼ばれるフェイント攻撃だった。

直前のプレーもあって先輩を最大限に警戒していた北高生の頭の中にツーアタックなど存在するわけもなく、ボールはあっさりと床に触れた。

二十二対二十四点。デュースまであと二点。

「今の、兄ちゃんの作戦だろうね」

ツーアタックを見た達也君が得意げに言った。

「なんでわかるの？」

「兄ちゃん、さっきスパイク決めた後にセッターと話してた。たぶんツー狙えって言ってたんだと思う。ほら、あれ見て」

達也君が指さした方へ目を向けると、点を取った本人であるはずのセッターが先輩の背中を嬉しそうに叩いていた。まるで「お前の作戦マジで刺さる！」と言わんばかりに。

「ほんとだ。まあ、先輩そういう駆け引き得意そうだもんね。心理学とか大好きだし」

「うん。家でもずっとそういう本読んでるよ。兄ちゃんの部屋、壁一面ぜんぶ本棚になってるしね」

「なんか想像できるかも……」

先輩はどこまでもストイックだ。

でも、そのストイックさがこの一点に繋がった。先輩が常々大事だと口にする知識の数々がこうして活かされている。

……凄いなあ。

私ももっと色んなことを勉強したら先輩みたいになれるだろうか。たくさん勉強して、そうしたら先輩が私を変えてくれたみたいに、私も誰かを変えられる人になれるだろうか。

「ほら、次始まるよ。ぼーっとしないでしっかり見て」

「あ、うん」

達也君に袖を引かれ、慌てて試合に意識を戻した。

それにしても、最初はあんなに嫌がっていたというのに、いつの間にか私よりも達也君の方が熱を持って試合を見ている気がする。それもこれも、すべて先輩の力だ。

どうか、先輩が勝ちますように。そう願わずにはいられなかった。

二点ビハインドで迎えたサーブは意図せず捕球が困難なネットインサーブとなり、北高の態勢を大きく崩してくれた。おそらく、緊張に呑まれたピンチサーバーの手元が僅かに狂った結果のネットインだろうけれど、どうやら運は先輩達に味方しているらしい。

北高はワンプレー前と同じく、かろうじて先輩達のコートにボールを返した。

直前のツーアタックによって相手チームの脳内にはフェイントの可能性がちらついている。その僅かな迷いを先輩は決して見逃さない。

直後、再び先輩のスパイクが炸裂（さくれつ）した。

スコアは二十三対二十四。

ここにきての三点連取の追い上げ。またも場内が歓声に包まれた。

この時にはもう、諦（あきら）めて帰り支度をしていた観客の手はすっかり止まっていた。

誰もが先輩のプレーに魅了され、また誰もが先輩に希望を抱いていた。勝てるのではないか。逆転してくれるのではないか。期待せずにはいられない迫力が先輩のプレーにはあった。

試合において流れというのは時に得点差をも覆す重要な要素となり得る。

今この試合を支配しているのは間違いなく先輩だ。藤村選手を正面から打ち破ったあのワンプレーが全てを変えたんだ。

「……兄ちゃん、頑張れ」

達也君は祈るように両手を合わせて握った。私も同じ気持ちだ。そっと達也君の拳（こぶし）に手の平を重ねる。今度はもう振り払われることはなかった。

歓声が止むと、途端に静寂が訪れた。

まるでこの会場に誰一人として人間が存在しないのではないかと思わせるような、

息をするのも忘れる静寂。誰もが試合の行く末を見守っていた。

あと一点取ればデュースに持ち込める。緊張感は最高潮に達していた。

本来なら鳴るはずのタイミングになっても笛は鳴らず、審判さえもが息を呑んでその時を見届ける準備をしていた。

耳に入るのはどこか遠くで鳴く蝉の声と自らの鼓動、そして呼吸の音のみ。

静寂の時間は長く続いた。たった数秒のはずなのに一分にも一時間にも感じられた。気の遠くなるようなひと時だった。

とにかくデュースまで持ち込むのが先決。

あと一点、あと一点。幾度となく頭の中で呟いた。

――その瞬間、いつかの光景が脳裏に浮かんだ。

奇しくもそれは今と同じ極限の状態だった。中学最後の大会、最後の一本。彩奈ちゃんを防ごうと跳躍し、届かなかった雪辱の一本だ。あまりにも悔しく、そしてあまりにもあっけなかった。

たった五センチの差で勝敗が決まる世界。何が決め手になるかは誰にも予想できない。現実は漫画やアニメのように刺激的なラストを飾ったりはしない。待っているのはいつだって生々しく残酷な結末だ。

衆人環視の中、静寂に包まれた会場に笛の音が鳴り響く。

決めればデュース、決められれば敗北。まさしくこれが運命の一本。

そんな息の詰まる最終局面だというのに、いや、そんな局面だからだろうか。それは突然訪れた。

それは、あまりにもあっけない結末。あまりにも残酷な最後だった。

思えば兆候はあった。

彼はコートに立った時からずっと肩を震わせていて、直前のプレーではたまたま、偶然、運よくネットインに救われていた。そこからの運命の一本。どれだけの緊張感が彼を襲っていたかは想像に難くない。

この最終局面で、ピンチサーバーが放ったサーブは――ネットを越えなかった。

当たり所が悪かったのか、力なく飛んだボールはネットに引っかかり、完全に勢いを吸収されたあと、虚しく自陣コートに落下した。

サーブミス。それが、この試合の結末だった。相手スパイクでもなく、ブロックでもなく、ただボールがネットを越えなかった。それだけが敗因。

誰もが言葉を失っていた。あっけない結末に理解が及んでいなかった。

けれどそれもほんの数秒の事。零れ落ちたボールが跳ねる小さな音が消えた直後、ネットの向こうから大歓声が上がった。北高選手全員が集い、抱き合い、涙を流して勝利を謳った。

先輩は、その様子をただ呆然と眺めていた。無気力に、無感情に。ただひたすらその場に立ち尽くしていた。

そうして、夏の県大会は敗北で幕を下ろした。

*

俺は、約束を果たせなかった。

あれだけ豪語しておきながら達也が見ている前で無様に敗退してしまった。

……もう合わせる顔がないな。

「皆本当にごめん……。俺が、俺がサーブミスったから……」

片山先輩が涙ながらに謝罪し、各々が「いや、俺も結構ミスったから……」と懺悔を口にした。帰りのバスはお通夜さながらの重苦しい空気だった。

「まあまあ、片山先輩、そんなに落ち込まないで」

いてもたってもいられず、そんな声をかけた。

「だって、せっかく隆二が粘ってくれてたのに俺が全部台無しにしたから……」

「確かに試合が終わったのはサーブミスだけど、敗因はそこじゃないよ。そこに至るまでの俺達全員のプレーだと思う。俺だって何度もミスしたし途中ガス欠起こしたし、たまたま最後のミスが先輩だったってだけで、誰も悪くないよ」

「隆二お前……本当に高校生か……」

「はは、よく言われる」

バスが学校に着くまでの間、とにかく皆を励まして回った。解散するその瞬間まで俺は笑顔を絶やさなかった。年の差など関係なく、それが俺の役割だ。俺は頼れるエースであり、皆を導く存在でなければならない。

帰宅途中、ふと見上げた空は暗雲が垂れ込めており、すぐにでも雨が降り出しそうな気配を醸し出していた。ぐずぐずしていると濡れる羽目になりそうだ。

急ぎ足で家に向かうも、玄関に手をかける直前、無意識に動きを止めた。

……達也はもう帰っているはず。

俺は一体どんな顔をして達也に会えばいいのだろう。そう思った途端、どうしようもなくドアノブを握るのが恐ろしくなった。

逃げ道を探した俺の足は自然といつもの公園に向かっていた。人っ子一人いない、遊具すらない公園。虚しいばかりの空間は今の気分と重なり、あたかも俺を呼んでいるように思えた。

公園の壁に背中を預け、足の力を抜いてずるずるとだらしなく地面に座り込む。何をするでもなく、そのまま何分も無心で空を見上げた。

やがて、雨が降ってきた。

初めは地面にまだら模様を作るだけだった雨粒は次第に勢いを強め、気づいた時には冷たいシャワーを思わせる土砂降りになっていた。

瞬く間に全身が濡れ、冷えた体からは悪寒がした。

早く帰らないと風邪を引いてしまいそうだ。そう思いながらも、足は動かなかった。いつまでもこうしているわけにはいかないと頭ではわかっている。これは単なる先延ばしに過ぎない。逃げたところで俺が負けた事実も、達也と顔を合わせることも変わらない。それでも、どうしても家に戻る気にはなれなかった。

——負けた。

今になってふつふつと悔しさが込み上げてきた。

俺の努力は何だったのだろうか。

全国に行って達也に希望を与える。そのためにあらゆる手を尽くしてきた。最新の脳科学とスポーツ理論を基に上達の道筋を立て、栄養学でバレーに最適な肉体を作り上げ、時に折れそうになったり、怠けたりしたくなる弱い心もその都度モチベーション維持に関する心理学の知識で補強してきた。

どうすれば効率が良いか。どうすれば三日坊主にならずに努力を継続できるか。やる気を持続させるにはどうすればいいか。やる気がなくても動くにはどうすればいいか。俺はこれまで、考えうる限りの最適な努力をしてきたつもりだった。

事実、努力は俺を強くしてくれた。病気の身でありながらエースと呼ばれるまでになり、時には有名大学やプロチームから声をかけられることもあった。

これは過大評価でも己惚れでもなく、間違いなく俺は卓越した技術を持っている。

なのに、結果はこれだ。

「……ごめん、達也」

雨の中、独り虚しく呟く。

俺は病気には勝てなかった。全国に行けないことを俺自身が証明してしまった。

今頃達也は家で何をしているのだろうか。せっかく応援してくれたのに、頑張れって言ってくれたのに、俺は達也の気持ちにも、ずっと支えてくれた鈴乃ちゃんの気持ちにも応えられなかった。

目を瞑ると試合の光景が浮かんだ。

もしも俺が病気じゃなければ――。

そんな益体もない妄想が頭から離れてくれない。

気分はこの上なく最悪だった。

「あ、先輩。やっぱりここにいたんですね」

ふいに前方から声が聞こえた。ゆっくりと目を開けると、そこには傘を差した鈴乃ちゃんがこちらの様子をうかがうように立っていた。

「身体、冷えちゃいますよ」

「……もう冷えてるよ」

「なら早くおうち帰ってください」

「今はこうしてたい気分なんだ」

「むむ」

突然、鈴乃ちゃんが傘を投げ捨てた。

そのまま雨に濡れるのもいとわずに俺の横に腰かけ、何も言わずに俺と同じように空を見上げた。

「風邪引くよ」

「先輩がそれ言います？」

「俺が風邪引くのはいいけど鈴乃ちゃんが引くのは駄目」

「あはは、なんですかそれ」

口では鈴乃ちゃんを窘めておきながら、その実密かに安堵していた。

鈴乃ちゃんは俺を見捨てない。敗北を責める気もない。こんな俺でも鈴乃ちゃんは傍にいてくれるのだと思うと心強かった。

とはいえ、依然として気分は晴れなかった。

俺達はしばしの間無言の時間を共有していた。互いに言葉を発するきっかけを探し、しかしこの場に適した言葉を見つけられず、その結果として訪れた沈黙だった。すぐ目の前に傘があるというのに二人して雨に打たれ、無意味に頭の先から足の先までを水浸しにしていた。

「……先輩は、負けたのを何かのせいにしないんですね」

遠くの空が微かに暗くなり始めた頃、鈴乃ちゃんが沈黙を破った。

「あのサーブがちゃんと入っていたら勝ってたかもしれないじゃないですか。地区予選の時も皆が最後まで気を抜かずに試合経験を得ていたら緊張感に呑まれなかったかもしれないですし、そしたらあの場面でミスも起こらなかったかもしれないじゃないですか。少なくとも決勝戦の負けは先輩のせいじゃないと私は思います。言いわけと言ったら失礼ですけど、多分探せばもっと色々そういうの出てくると思います。どうしてそうしないんですか」

言いわけの余地、か。

確かにまったく他責の気持ちがないと言えば嘘になる。あのサーブが決まっていればと考えてしまったのは否定できない。ただ、人を責めるだけでは現実は変わらない。他責思考では人は前に進めないのだから。

「……言いわけしても意味ないからね」

「それってつらくないですか？」

その問いに口を噤んだ。

つらい、つらくない、そんなことは俺には関係がないと思った。どれだけつらかろうが苦しかろうが、病気である以上、人並み以上に足掻かねばならない。

俺の思考を大方予想していたのだろう、鈴乃ちゃんは「先輩ってそういうところありますよね」と見透かしたように言った。

「いっつもそうです。先輩は自分に厳しすぎます。吐くまで練習しちゃうし、他人に弱いところを見せようとしないし、一切言いわけもしないですし、どうせバスの中でも無理して笑ってたんでしょう。先輩のそういうところ、凄いとは思いますけど、見ていて危なっかしいとも思うんです」

鈴乃ちゃんはなおも言葉を続けた。

「私なんて言いわけと弱音ばかりの人生でしたよ。テストで悪い点を取ったらすぐ『勉強してなかったから』って言いますし、先輩もご存じの通り、才能を言いわけにしてバレーもやめてましたからね。おまけに何かあれば簡単に人に泣きつきますし。ほんとに、言いわけと弱音ばかりの人生でした。みっともないですけど、でもそれで良かったと思います」

「良かった？」

「だって、もし私が全部抱え込んでたら、いやまあ抱え込めるほど心は強くないんですけど、もしどこにも弱音を吐き出せなかったら私は壊れちゃってたと思います。そもそも、全部自分ひとりで抱え込むなんて無理があると思いませんか？」

鈴乃ちゃんの言い分には一理ある。

不満、弱音、他責、愚痴。

これらは言ってみればガス抜きのようなものだ。内に溜まった負の感情をそれらの形で発散し、処理することで心を正常に保つことができる。

実際、心理学では愚痴にはストレス解消に関して一定の効果があるともされている。だからそれらの行為を否定するつもりは断じてない。

ただし、あくまで「自分以外の誰かがそれを行っていた時に限って」だが。

俺がそれを行うことは許されない。

俺は、言いわけをする自分が嫌いだ。

苦しさから逃げようとする自分が嫌いだ。

一時的にガス抜きをすれば確かに楽にはなれるだろう。しかし、それでは根本的な解決には至らない。

ガスを抜くのではなく、ガスが溜まらない状態を目指すべきだとどうしても思ってしまう。俺が不満を吐き出すことなく努力するのはそのためだ。

達也に希望を抱かせたいと願ったあの時から、俺は自分自身の甘えを禁止した。

俺は強迫的なまでに努力に取り憑かれている。もはや呪いと言ってもいい。

だから鈴乃ちゃんの理屈に納得し、自分が非合理的な精神状態にあることを理解していながらも、どうしても愚痴や言いわけを吐く気にはなれなかった。

「もう、先輩は意固地だなあ。たまにはいいじゃないですか、みっともなく弱音を吐いたって」

「吐いたところでどうにもならな──」

「なりますよ」

俺の言葉を遮り、鈴乃ちゃんが断言した。

「先輩は私が今もバレーをしているのはどうしてだと思いますか？」

「もっと上手くなれると思ったから、でしょ」

そうです、と鈴乃ちゃんは朗らかに笑った。

「でもそれって私が弱音を吐いたからこそじゃないですか。私には才能がないんだーって。だから先輩は私に跳び方を教えてくれて、結果的に私は今でもバレーをしているんです。筋トレを続けられないって愚痴ったおかげで習慣化についても知れましたし、私が変われたのは全部、元を辿れば弱音や愚痴なんです。もし私が誰にも弱さを見せず諦めたまま自己完結していたらこうはなってなかったと思いませんか？」

雨の中、俺は黙って鈴乃ちゃんの話を聞き続けた。

「先輩は弱音を吐いても仕方がないって言いましたけど、そんなことないと思います。弱音を吐くからこそ、誰かに寄りかかるからこそ見られる景色もあると思うんです。だからたまにはいいんですよ、先輩がずっと我慢してたこと全部吐き出しちゃっても」

そう言って、鈴乃ちゃんはぎゅっと俺を抱き寄せてきた。雨で濡(ぬ)れた皮膚は冷たくて、けれど身体の芯(しん)には確かな熱があり、やがて温(ぬく)もりが冷え切った体を少しだけ温めてくれた。

「我慢しなくていいんです。私はずっと傍にいますから」

そっと、鈴乃ちゃんの手が頭に触れた。優しく慈しむように撫(な)で、空いた手で背中をさすってくれた。その優しさに触れた途端、張りつめていた何かが切れたのがわかった。

「……勝ちたかった」

一度呟(つぶや)いてからは、もう止まらなかった。

「ずっと苦しかったんだ……。俺が頑張らなきゃって、俺が達也を元気にさせなきゃって……。本当はずっと怖かった。負けたらどうしようって考えたら不安で不安で仕方なくて、いつか動けなくなるのも、達也がそうなるのも全部怖かった……」

涙が溢(あふ)れてやまなかった。嗚咽(おえつ)で息が詰まり、みっともなく泣き喚(わめ)いた。

「悔しい……悔しいよ俺……」

勝ちたかった。達也を笑顔にしたかった。約束を果たしたかった。怖くて苦しくて逃げ出したくて、今まで抱え込んでいたあらゆる想いがとめどなく溢れて止まらなかった。

「……よしよし、大変でしたね」

鈴乃ちゃんはそのすべてを受け入れてくれた。強く抱き寄せ、ひたすら頭を撫で続けてくれた。日が暮れ、雨が止んでも鈴乃ちゃんは離れなかった。

「先輩が満足するまでずっと傍にいます」

その言葉に甘えて俺はただ彼女の優しさに身を委ね続けた。

すっかり雲が晴れ、夏の暑さが肌を乾かし始めた頃、鈴乃ちゃんが「ちょっとは楽になりましたか？」と顔を覗き込んできた。

「……自分でも驚くくらいには」

「それは何よりです」

鈴乃ちゃんは満足そうに微笑んだ。

溜まっていた弱音をあらかた吐き出しきり、落ち着きを取り戻したせいか今になって気恥ずかしさが込みあげ、慌てて鈴乃ちゃんから身を離した。照れ臭さを誤魔化すために「鈴乃ちゃんは、俺の試合を見て何が足りないと感じた？」と真面目な話を添えて。

「む、もう反省会ですか」

「いつまでも意気消沈してられないからね」

鈴乃ちゃんのおかげで随分と気持ちが前向きになった。誰かに弱音を吐く。ずっと自分には許されないと思っていた行動は想像以上に効果覿面だった。

「まあ、前向きなのはいいことだと思います」

そう言って、鈴乃ちゃんは顎に手を当てて考え込んだ。それから「ずばり言っていいですか？」とこちらの顔色をうかがう素振りを見せた。

「もちろん」

「あのですね、最新のバレー理論がどうの言っていたくせに先輩は一人で戦いすぎです。レシーブも攻撃も全部一人でやろうとするじゃないですか。観客席にいた人達、みんな先輩のワンマンチームって言ってましたからね？　私も同意です。バレーは六人でやるスポーツなんですから、先輩はバレーでももっと弱音を吐くべきだと思うんです」

「バレーでも弱音を？」

訊き返すと、鈴乃ちゃんはぶんぶんと何度も首を縦に振った。

「だって先輩、病気のことチームメイトに話してなかったでしょう」

「話してないね」

「ほんっとに！　そういうところですよ！」

「どういうところ……？」

　鈴乃ちゃんはどこか呆れているような、怒っているような口ぶりだった。

「たとえばですけど、私と先輩が同じチームで、私がとてつもなく重い病気を抱えていたとします。私に残された時間は残り僅かで、次が最後の大会になるかもしれない。そしたら先輩どうします？」

「何が何でも鈴乃ちゃんを勝たせてあげられるように必死に練習するよ」

「ほら！　そういうことですよ！　先輩が皆に病気を打ち明けて、もっと弱い部分を見せていたら皆も先輩のために頑張ってくれてたはずです。地区予選で消化試合になった時だって真剣だったかもしれないじゃないですか。決勝は接戦だったんですから、その小さな積み重ねがあれば結果も変わってたとは思いませんか？」

「そういうことか……」

「そういうことです。先輩は確かにとてつもなく上手いですし色々考えながら戦っているのは私から見てもわかりますけど、そういう理論よりも先にもっとチームメイトのことを見るべきです」

チームメイトを見るべき……か。

確かに、鈴乃ちゃんの言う通りだ。俺は自分一人で何でも解決しようとし過ぎていた。少し周りを見渡せば力になってくれる人が大勢いるというのに。

人を見る力。他でもない俺自身がかつて鈴乃ちゃんに言ったことだ。

「はは、鈴乃ちゃんにそれを言われると説得力が違うね」

「でしょう？　私を頼ってくれたのは嬉しいですけど、これからは私だけじゃなくチームメイトのことも頼ってください。敬語禁止にするくらい皆いい人なんですから、絶対力になってくれますよ」

だから先輩はもっと人を頼るべき、と何度も念を押された。

「さ、いい加減帰りましょう。風邪引く前に！」

「そうだね。お互いびしょ濡れだ」

二人して苦笑しながら帰路についた。

別れ際、玄関前で鈴乃ちゃんに改めてお礼を言った。本当にありがとう、と。

「今回は駄目だったけど、次は絶対優勝するから」

その頃には今のように高くは跳べないだろう。でもいいんだ。身体能力が衰えるのなら技術を磨けばいい。俺個人の技術が及ばなくてもチームで戦えばいい。

「応援してます。あ、でも次は倒れるまで練習しないでくださいよ？」

「それに関しては本当にごめん。善処するよ」

「まあ、そこまで張りつめて練習する必要はもうないと思いますけど！」

そう言って鈴乃ちゃんは玄関を開けて家の中に入っていった。

何やら意味深な言い方に引っかかりを覚えるも、すぐに鈴乃ちゃんの言葉の意味を理解した。それは、帰宅後リビングに入ってすぐのことだった。

「あ、兄ちゃんおかえり」

あっけらかんと俺を迎え入れる達也。その手に握られている物を見て、俺はつい目を疑った。

「達也、それ……」

「ん、ダンベルだけど。兄ちゃんの部屋から勝手に借りちゃった」

「鍛えるつもりか……？」

「うん。とりあえず減った分の筋肉を戻そうかなって」

あれだけ閉じこもっていた達也が、あろうことか自分から進んでトレーニングに励んでいる。まるで夢のような光景だった。

その時になって鈴乃ちゃんの言葉の意味を理解した。

――そこまで張りつめて練習する必要はもうないと思いますけど！

あれは、このことを言っていたんだ。

「なんで……俺、勝てなかったのに」

「いやいやいや。あれはどう見ても兄ちゃんのせいじゃないでしょ。なんで自分の失敗みたいに思ってるの」

「いや、でも優勝するって散々豪語したのにあれだったし……」

「別にいいよ」

ダンベルを持ち上げ、微かに額から汗を流しながら一言、達也は信じられない言葉を口にした。

「優勝は僕が代わりにするから、兄ちゃんは呑気に待ってて」

「……それって」

「バレー、もっかいやることにしたから」

そして、あくまでふてぶてしく、それでいて恥ずかしそうに俯きながら、達也は小さく「今日はお疲れ様」と呟いた。

ついさっき泣いたばかりだというのに、また涙がにじみ出てきた。

「というかフォームってこれで合ってるの？　あと兄ちゃんのプロテインちょっと分けてもらってもいい？」

すぐに涙を拭い、それから豪快に笑ってみせた。

「全然なってない、ちょっと兄ちゃんに貸してみろ！」

それから二人で体を動かした。

達也は笑っていた。昔のような純粋さと明るさはもうないけれど、でも確かに楽しそうに笑っていた。

……そっか、無駄じゃなかったんだ。

俺の努力は、希望は、ちゃんと達也に届いていた。

鈴乃ちゃんのおかげだ。俺を支えてくれて、達也を連れてきてくれて、そのおかげで今の俺達がある。俺一人では絶対にここまでこられなかった。

ありがとう。何度もそう心の中で繰り返した。

ふと、以前鈴乃ちゃんが言ってくれた言葉を思い出した。

『私、先輩のことが好きです』

まったく、願ってもない光栄だ。あの時は保留にしてくれと言われた返事をいつの日か伝えよう。俺の口からはっきりと。

――俺も、鈴乃ちゃんのことが好きだ。

エピローグ

暑さの落ち着いた十月の頭。私は彩奈ちゃんと共に新人戦に臨んでいた。

天才というのはどこにでも存在する。対戦校の中に一人、私達と同じ高校一年生でありながら百八十センチを誇る大型選手がいた。バレー経験は浅く、技術は未完成ながらその圧倒的な体躯(たいく)のせいで熟練者さながらの威圧感を放っている。

そんな彼女が今、目の前で攻撃の態勢に入った。

私との身長差はおよそ二十センチ。普通に考えればブロックは不可能。かつて届かなかった五センチの壁よりも更に高い壁。

――でも。

全力で跳躍した私はあっさりと彼女のスパイクを弾(はじ)き返した。

「ナイス鈴乃ちゃん！」

「いえい!」

誇らしげなピースサインを彩奈ちゃんに向ける。

バレーに復帰して約半年。今の私にもう壁はない。もっと高く、まだまだ上へ跳べる。かつて躓いた五センチの壁は今や遥か下だ。

身長差を覆すだけの跳躍力が今の私には備わっている。

勝てる! 私は強い!

——と、思っていたのだけれど。

「負けたー……」

惜しくも敗北を喫した試合後、更衣室のロッカーに力なく頭突きした。

「でも鈴乃ちゃんあの子のスパイク何度も止めてたじゃん!」

「スパイクはね。でもレシーブが全然駄目!」

「ストイックだねー! 私もがんばらなきゃ」

着替えを済ませて市営体育館を出ると入口横に立っていた一ノ瀬先輩が「よっ」と声をかけてきた。

すぐさま彩奈ちゃんと目が合い、気を利かせてくれた彩奈ちゃんは先に帰るねとニヤけ面で言って走っていった。その背中を見送ってから、改めて先輩に向き直る。

「何で先輩がここにいるんですか。もしかして試合見てました?」

「うん、一部始終ね」

「うげー」

「レシーブに改善の余地ありだね」

「そんなこと言われなくてもわかってますぅー！」

相変わらずの軽口の叩き合い。もはや様式美と化した心地よいやり取りをひとしきり楽しんだ後、満を持して用件を訊ねた。

「どうしたんですか？」

「実は話したいことがあってさ」

「話したいこと、ですか」

訊き返すと、先輩は短くうなずき、単刀直入に話を始めた。

「急だけど、来週から達也と一緒にアメリカに行くことになったんだ」

「えっ」

つい息が詰まった。急は急でも、流石に早急すぎる。

「アメリカの大学病院がカタボリック症候群の治験者を募集しててさ、動物実験で筋肉減少阻止が認められた薬品のテストをしたいんだと。上手くいけば筋肉の減少を抑えられるかもしれない」

「え！　凄いじゃないですか！　治るってことですか⁉」

「どうだろうね。あくまで効果があったのは動物実験の段階だから人体に有効かは試してみるまではなんとも言えないかな」

「そうですか……」

落胆する私の肩を先輩が「まあまあ」と言って叩いてきた。

「落ち込む必要はないよ。効果があるかわからないと言っても確実に研究は進んでるんだから。仮に今回がダメでも近い将来、必ず進行を食い止める方法が見つかる」

先輩の目は本気だった。どうやら気休めで言ってるわけではないらしい。

立ち話もなんだからと、私達は家までの道を並んで歩いた。

「そういえば達也くんはどうしてますか？」

「元気だよ。ちょっとずつだけど学校にも行ってるし、毎日一緒にトレーニングもしてる」

「もしかしてヒートトレーニングもやってますか？」

「もちろん」

「わあ……」

遠回しに毎日達也君も死にかけていると言っているようなものだった。可哀想に。

でも、安心した。

あの県大会決勝の日以来、皆少しずつ変わり始めている。先輩も肩の荷が下りたみたいに随分と明るくなった。チームメイト達にも事情を説明したらしく、今ではやる気に満ちた部員全員が習慣的にヒートトレーニングを行っているとかいないとか。

というか先輩、人にヒートトレーニングを勧めすぎでは。私含め、何人犠牲者を出せば気が済むのだろう。

「治験、上手くいくといいですね」

「だね。そしたら鈴乃ちゃんももう栄養学とか色々勉強しなくて済むしね」

「え、何言ってるんですか。やめませんよ」

「え？」

先輩は意外そうな顔をした。

「確かに最初は先輩の役に立つためだけに始めた勉強ですけど、なんというか、楽しくなっちゃったんです。今じゃもう趣味ですよ」

人の体を作るのは栄養で、その栄養を適切に理解しコントロールすることは体をコントロールすることとイコールになる。

肌を綺麗にしたり頭の回転を速めたり疲労感を軽減させたりと、日常生活での恩恵を感じれば感じるほど学ぶのが楽しくなっていった。

今では新しい目標もある。

「私、将来栄養士になりたいんです！」

この世界には体のことで問題を抱えた人が大勢存在する。問題を抱えずとも損をしている人達も。部活は頑張っているけれど食事がおろそかになっているせいで伸び悩んでいる子や、栄養に偏りがあるせいで思うように身長を伸ばせない子、肌荒れに悩む人。

そういった人達の助けになる仕事に就きたい。

いつからかそれが私の目標になっていた。

「いいね。なら俺がこっちに戻ってきたら食事のアドバイス貰おうかな」

「任せてください。とりあえず砂糖類と脂質を大量に摂取しましょう」

「俺に恨みでもあるの？」

「あはは、冗談です」

二人してくすくすと笑った。やっぱり、先輩と話をするのは楽しい。

私は先輩のことが好きだ。先輩には報われてほしいと心の底から願っている。治験が上手くいけばそれが最善だ。

でも、一方で心寂しさもあった。

「アメリカかあ。いつ頃戻ってこれますかね……」

「どうだろう……。筋肉の増減は長期的に観察する必要があるから、最低でも数ヶ月、下手したら一年くらいかかるかも」

「一年……」

私にとってはあまりにも長い時間だ。なにせ、先輩とは毎日顔を合わせているどころかすぐ目の前に家があるくらいの距離感なのだから。それが突然アメリカに行ってしまうとあっては気が気でない。

少しだけしんみりとした空気になった。

それでも足は止まらず、やがて家の前に到着した。

このまま一日が終われば先輩が遠くに行く日が近づいてしまう。治療が上手くいってほしい気持ちとどこにも行ってほしくない気持ちがせめぎ合っていた。

「鈴乃ちゃん」

門扉に手をかける直前、先輩が私を呼び止めた。

どうしたんですか、そう口にしようとした私は咄嗟に言葉を飲み込んだ。さっきまでの軽口とは違う、彼の真剣な表情を前にただただ言葉の続きを待つことしかできなかった。

「俺も鈴乃ちゃんのことが好きだ。だから、俺が戻ってくるまで待っていてほしい。寂しい思いをさせてしまうけど、絶対に帰ってくるから。帰ってきたら真っ先に鈴乃ちゃんに会いに行くから」

「……先輩」

意識とは無関係に体が動いた。気がつけば先輩に抱きついていた。先輩もまた、私の背中に腕を回して強く抱き寄せてくれた。

「私、待ってます。もっと勉強して、先輩が驚くくらい成長して待ってます……！」

「……本当にありがとう。待ってて、迎えにいくから」

そのまま私達は抱きしめ合った。

抱きしめ合い、それから二人して「ふふっ」と噴き出した。

「先輩」

「うん」

「出発は一週間後ですよね？」

「そうだね」

「私達明日も会いますよね？」

「会うね……」

「こんないかにもドラマチックな別れを今しちゃったらどんな顔して明日先輩と会えばいいんですか？」

「俺もそれ考えてた。凄い気恥ずかしいと思う……」

「ですよね……」

身を離し、一瞬の静寂が訪れた後、改めて私達は笑い合った。涙が出る程盛大に笑った。

「もう！　恥ずかしい台詞（せりふ）言わないでくださいよ！　なんですか真っ先に会いに行くからって！」

「鈴乃ちゃんこそ急に抱き着いてきたじゃん！」

再びいつもの軽口合戦が始まった。

さっきまで感じていた寂しさはいつの間にか吹き飛んでいた。

ああ、好きだなあ。

思わず笑みがこぼれた。

そうだ、私達はこれでいい。寂しさなんて感じる必要はない。会えない期間で自分を磨いて、より魅力的になって先輩を迎えればいいだけの話だ。

「それじゃ、また明日会いましょう！」

「うん、また明日」

最後まで笑い合いながら、私達はそれぞれの家に帰った。

あとがき

突然ですが、皆さんには夢があるでしょうか。また、それを叶えられる力が自分にあると信じているでしょうか。数年前、私は知人から次のような話をされました。

「できることなら自分も作家になってみたいが、どうせ文才がないからやらない」

私は必死になって彼を説得しました。しかし、結局彼は筆を執ることはありませんでした。彼はどうしても自分の才能を、可能性を信じることができなかったのです。

もちろん彼の選択を否定するつもりはありません。ただ、否定しないながら、私は歯がゆさを感じずにはいられませんでした。

小説に限らず、多くの分野で人は「才能が一番大事で、才能こそが成功を左右する」と考えています。歌の才能、絵の才能、小説の才能。プロになれるのはそれらを持っている人間だけで、持たざる者がいくら努力しても夢は叶わない、と。

それこそが真理であり常識であるとほとんどの人が信じています。私はそれが悔しくてなりません。というのも、成功に必要なのは才能ではなく、長期的かつ効率的な訓練だからです。これは綺麗事でもなんでもなく、科学的なデータがそう結論付けています。才能の在処（ありか）である脳には、年齢を問わず使えば使った分だけその領域を成長させる機能があり、更に最新の脳科学では努力次第で脳の神経細胞そのものを増やすことも可能だと言われています。つまり、才能は磨くことができるのです。

とはいえ、脳ではなく身体的な特徴（身長や骨格など）は遺伝によって左右されますし、その分野の頂点に立とうと思えばやはり才能も絡んできます。ですが、ただプロになるだけなら、一流と呼ばれる人になるまでなら才能は必須（ひっす）ではないのです。

では何故、多くの人がプロになれないのか。それは先に書いた「効率的な訓練」とまだ出会うことができていないからです。逆に言えばそのやり方さえ知っていれば、そして成功に才能は関係ないのだと知ってさえいれば道は切り開けるのです。

実際、私がこうしてプロの小説家として作品を書かせていただいているのも、前述した脳の特性や成功に関する科学を学んだ結果に他なりません。

この物語はいわば私からのメッセージです。どうか「才能」を理由に自分の可能性を諦（あきら）めないでほしい。私が願うのはただそれだけです。断片的かつ初歩的ではありますが効率的な訓練の答えも物語の中にちりばめておきました。

この物語と出会ってくださったあなたが少しでも希望を持ち、自分の可能性を信じることができれば幸いです。最後に、本作を手に取っていただき本当にありがとうございます。また皆さんとお会いできる日を心から楽しみにしています！

本書は書き下ろしです。

言いわけばかりの私にさよならを

加賀美真也

令和5年 11月25日　初版発行

発行者●山下直久

発行●株式会社KADOKAWA
〒102-8177　東京都千代田区富士見2-13-3
電話　0570-002-301（ナビダイヤル）

角川文庫 23896

印刷所●株式会社暁印刷
製本所●本間製本株式会社

表紙画●和田三造

ISBN 978-4-04-114202-8　C0193

◇◇◇

角川文庫発刊に際して

角川源義

第二次世界大戦の敗北は、軍事力の敗北であった以上に、私たちの若い文化力の敗退であった。私たちの文化が戦争に対して如何に無力であり、単なるあだ花に過ぎなかったかを、私たちは身を以て体験し痛感した。西洋近代文化の摂取にとって、明治以後八十年の歳月は決して短かすぎたとは言えない。にもかかわらず、近代文化の伝統を確立し、自由な批判と柔軟な良識に富む文化層として自らを形成することに私たちは失敗して来た。そしてこれは、各層への文化の普及滲透を任務とする出版人の責任でもあった。

一九四五年以来、私たちは再び振出しに戻り、第一歩から踏み出すことを余儀なくされた。これは大きな不幸ではあるが、反面、これまでの混沌・未熟・歪曲の中にあった我が国の文化に秩序と確たる基礎を齎らすためには絶好の機会でもある。角川書店は、このような祖国の文化的危機にあたり、微力をも顧みず再建の礎石たるべき抱負と決意とをもって出発したが、ここに創立以来の念願を果すべく角川文庫を発刊する。これまで刊行されたあらゆる全集叢書文庫類の長所と短所とを検討し、古今東西の不朽の典籍を、良心的編集のもとに、廉価に、そして書架にふさわしい美本として、多くのひとびとに提供しようとする。しかし私たちは徒らに百科全書的な知識のジレッタントを作ることを目的とせず、あくまで祖国の文化に秩序と再建への道を示し、この文庫を角川書店の栄ある事業として、今後永久に継続発展せしめ、学芸と教養との殿堂として大成せんことを期したい。多くの読書子の愛情ある忠言と支持とによって、この希望と抱負とを完遂せしめられんことを願う。

一九四九年五月三日

角川文庫ベストセラー

わたしの恋人　藤野恵美

保健室で出会った女の子のくしゃみに、どきんと衝撃が走った。高校一年の龍樹は、父母の不仲に悩むせつなとつきあい始めるが――。頑なな心が次第に自由を取り戻すまでを、爽やかなタッチで描く！

ぼくの嘘　藤野恵美

好きにならずにすむ方法があるなら教えてほしい。親友の恋人を好きになった勇太は、学内一の美少女・あおいに弱みを握られ、なぜか恋人としてあおいとデートすることになり。高校生の青春を爽やかに描く！

ふたりの文化祭　藤野恵美

部活の命運をかけ、文化祭に向けて九條潤は張り切っていた。一方、図書委員の八王寺あやは準備の盛り上がりに入れずにいた。そんな2人が一緒にお化け屋敷をやることになり……爽やかでキュートな青春小説！

DIVE‼(ダイブ)（上）（下）　森絵都

高さ10メートルから時速60キロで飛び込み、技の正確さと美しさを競うダイビング。赤字経営のクラブ存続の条件はなんとオリンピック出場だった。少年たちの長く熱い夏が始まる。小学館児童出版文化賞受賞作。

ラン　森絵都

9年前、13歳の時に家族を事故で亡くした環は、ある日、仲良くなった自転車屋さんからもらったロードバイクに乗ったまま、異世界に紛れ込んでしまう。そこには死んだはずの家族が暮らしていた……。

角川文庫ベストセラー

きみが見つける物語　十代のための新名作　放課後編
編／角川文庫編集部
学校から一歩足を踏み出せば、そこには日常のささやかな謎や冒険が待ち受けている――。読者と選んだ好評アンソロジーシリーズ。放課後編には、浅田次郎、石田衣良、橋本紡、星新一、宮部みゆきの短編を収録。

きみが見つける物語　十代のための新名作　友情編
編／角川文庫編集部
ちょっとしたきっかけで近づいたり、大嫌いになったり。友達、親友、ライバル――。読者と選んだ好評アンソロジー。友情編には、坂木司、佐藤多佳子、重松清、朱川湊人、よしもとばななの傑作短編を収録。

きみが見つける物語　十代のための新名作　恋愛編
編／角川文庫編集部
はじめて味わう胸の高鳴り、つないだ手。甘くて苦かった初恋――。読者と選んだ好評アンソロジーシリーズ。恋愛編には、有川浩、乙一、梨屋アリエ、東野圭吾、山田悠介の傑作短編を収録。

きみが見つける物語　十代のための新名作　切ない話編
編／角川文庫編集部
たとえば誰かを好きになったとき。心が締めつけられるように痛むのはどうして？　読者と選んだ好評アンソロジー。切ない話編には、小川洋子、萩原浩、加納朋子、川島誠、志賀直哉、山本幸久の傑作短編を収録。

きみが見つける物語　十代のための新名作　運命の出会い編
編／角川文庫編集部
部活、恋愛、友達、宝物、出逢いと別れ……少年少女小説の名手たちが綴った短編青春小説6編を集めた、極上のアンソロジー。あさのあつこ、魚住直子、角田光代、笹生陽子、森絵都、椰月美智子の作品を収録。